西田 司

# 不確実性

Uncertainty

異文化コミュニケーションとの出会い

八朔社

カバーデザイン＝徳宮　峻

目次

# 1　五郎のはじまり

この物語の主人公は、西田石五郎である。生まれは戦後であるが、石五郎という先祖の名をもらっていて、さすがに古くさく、中学校の友人たちはせめて五郎と呼ぼうと提案した。その結果、その日から石五郎はモダンな五郎となった。

五郎は、中学三年生になった春、学校の併合を経験した。自分の通う四郷《しごう》中学校が倉田山《くらたやま》中学校に併合されたのだった。この二つの中学校は、伊勢神宮の外宮《げくう》から内宮《ないくう》に向かう御幸《みゆき》道路が最も高くなる、倉田山の辺りにあった。間は谷だったが、四郷中から石を投げれば倉中の運動場に軽く届く距離だった。実際に石を投げた者がいて、それは入学式の日に二年生から聞く話の一つである。

四郷中のクラスは解体され、全校生徒がそれぞれ五人ずつ、倉中のクラスに割り振られた。指名されたクラスの教室に入った五郎は、黒板を背にして、

「西田石五郎です。よろしくお願いします」

などと、あたかも転校生のような挨拶をしたが、前から、横から、そして後ろから、倉中の生徒にジロジロ見られ、女子生徒には、

「石五郎やて。古いな」

と言われた。しわの目立つ学生服を着て、指定された席に着いたとき、五郎は惨めさを感じた。

町の生徒たちは、教室では上着を脱いで、アイロンのよくきいたワイシャツ姿になっていた。男子生徒のズボン、そして女子生徒のスカートは、よく寝押しされていた。

なぜ併合されなければならないのか。なぜ惨めにならなければならないのか。五郎は敗北感と屈辱感を味わった。田舎の中学校が町の中学校に併合されるという体験が、十五歳の脳裏に深く刻みつけられた。

新しい年になり、あけっぴろげな担任の北村先生は、クラスの生徒全員をそれぞれの席に待たせて、一人ずつ教室の前方に呼び、その生徒の受験すべき高等学校を、自分で準備した一覧表から読み上げた。待たされていた生徒の中には、高校受験をしない生徒も混じってい

るという荒っぽさだったが、先生の明るさがその行動を許した。

北村先生の発表した県立あるいは市立の高校受験だけでは、落ちれば浪人をしなければならない。それを避けるために、五郎はレベルの低い私立高校を、もう一校受験した。経済的な理由で私立高校に行けない家の子にとって、公立高校の不合格は、即、就職を意味した。五郎と同い年の秀司と幸一の二人のいとこは、公立高校の受験に失敗し、中学を卒業後、働き始めた。高校進学率が四十パーセント程度のこの時代には、それが常識だった。


五郎は、三重県立宇治山田高等学校、通称山校に合格した。宇治と山田の二つの地名が入っているのは、内宮の前あたりを宇治、外宮の前あたりを山田と言ったからである。宇治も山田も、この辺りでは町という存在である。宇治でも山田でもない、その周辺地域に生まれ育った五郎が「山田へ行こう」と言えば、外宮の前の繁華街に、買い物に、あるいは遊びに行こうという意味になる。今は、この二つと周りの町村を合わせて、伊勢という。

宇治に生まれれば、一生宇治の出なのである。周りに生まれれば、一生周りなのである。これは、黒人の血が一滴でも混じっていれば黒人と言われるのと同じである。そのように理解する感性は、日本人でも、白人でも、同じなのだ。

宇治でも山田でもない、周辺で育った五郎は、山校の三年間、交友関係の多様性とその洗練さに適応できずに苦しんだ。鬱陶しさに陥る毎日だった。払拭するために極端な行動をし、いっそう自分を窮地に追いやる。これを繰り返した。一年次の三学期には、自分はもう数学を捨てた、勉強しないと公言し、みんなの顰蹙を買った。

三年次の担任の先生との交流が、高校時代の鬱陶しさを最も明白に表している。この担任の母親は、五郎の小学五年生のときの先生だった。五郎が原因ではない問題が起きたとき、代表責任者としての五郎の両頬を思いきり両手で掴み、鬼の形相で五郎を叱った。高校の担任の、実の母親から暴力を受けたのだった。半泣きになった五郎は、この事件を今でも忘れることができない。

自分の母親と五郎との間に、そんなことがあったとは知らずに、あるいは知っていたからか、五郎に対して進学指導をまったくしなかったこの担任は、十二月になって初めて、

「西田、お前も大学に行くのか」

と、廊下で、すれ違いざま話しかけてきた。五郎は、大学に行くのは当たり前と思っていた。だから、担任の発した言葉が唐突で、場所をわきまえない暴言に聞こえ、息が詰まりそうになり、

「はあ」

と言ったきり、すぐには反応できなかった。

家に帰ってから、大いにむかついたが、進学指導らしきことを一切しなかった担任に、いまさら期待するだけ無駄に思えた。この担任は、生徒を集め、自宅で英語塾を経営し、塾に来る生徒には、二年生のときから懇切丁寧に進学指導をして、生徒の希望する大学に入学させていた。五郎と仲のよかった三島という生徒を指導して、前年、東京の有名な私立大学に合格させたのを五郎は知っていた。

この担任の個人教授を受けること、進学指導を受けること、そして学校でよい成績を取ることの三つは関係しているという、胡散臭いうわさがあった。それを知った五郎は、お前こそ、まずまっとうな教員になれと思った。

卒業が近くなり、こんな担任にもお礼をしたほうがいいと思い、五郎は友人と、五郎の家からそんなに離れていない担任の自宅を訪問することにした。急に決めた訪問だったので、プレゼントの品物はそれぞれで準備した。五郎は、簡易な包装をしてもらい、日本酒を持参した。すると担任は、

「二級酒はダメだ。これはお前が毎日飲んでいる酒だろう。今回はもらっておくが、二度とこのようなものを手土産にするな」

と言った。五郎に迷いはあった。たとえ三合瓶でも一級のほうがいい、いや三合瓶ではおかしいと迷った挙句、二級酒の一升瓶にしたのだった。それが怒りを買ってしまった。十七歳

の子どもに腹を立てる大人も大人だと思ったが、五郎は何も弁明せず、ストレスを体に溜め込んだ。

日本大学に入学した。しかし、想像もしないことが起きた。二年生になった年の五月、五郎が文理の桜上水キャンパスの正門へ行くと、イスと机が高く積み上げられていた。入校もできなければ、中の様子をうかがうこともできなかった。大学が閉鎖された由の紙片が貼られていた。大学紛争だった。授業は休講になった。当時は、こんなことが起こるのはよくない、とは思わなかった。何しろ偶然授かった人生なのだから、何事が起こってもおかしくないと思っただけだった。

紛争は一年半続き、五郎の大学生活と、一年生のときにできた学友関係は吹っ飛んだ。大学紛争が続くこの間、五郎は渡米の準備をしたりして時間を費やした。海外に行く人に必要な能力は、英語力、経済力、そして適応力の三つだと指摘するベストセラー本が、書店の棚に積まれていた。

五郎が大学生の頃、周囲の人間は皆、英語が下手だった。明治元年から百年が経過していたが、一般に、役に立つ英語教育は行われていなかった。英語教師の英語が通じないから、当然、生徒の英語は通じない。当たり前だけれど、それを言ってはいけない雰囲気の中で、誰もが勉強していた。その雰囲気が、五郎は嫌いだった。教師の英語力を超えようと決意した。

四技能のうち、「読む」と「書く」の二つについては、自信を持っているらしい教師が多かった。実際には、その理解は間違っていたのだが、教師の英語力を超えようとするなら、この二つの能力について事を構えるのは得策ではない。そこには手を出さずに、「聞く」と「話す」をやっつけようと思った。その二つの能力を身につけても、つまり五郎が教師たちを追い抜いても、彼らは沈黙するだけだ。なぜなら、その二つの能力については、自信のない教師が多く、また、それが当たり前と思う空気もあったからである。この二つの能力に複雑な気持ちを抱きつつも、軽く見ている教師が大半だった。

「聞く」と「話す」の力をつけるための、英語を生で聞く教材や環境は、当時、ほとんどなかった。五郎が耳にすることのできたのは、FENの放送だった。ファ・イースト・ネットワーク、つまり極東ネットワークである。米軍基地の軍人とその家族のためのラジオ放送で、二十四時間放送だったが、ほとんど音楽を流しているだけで、アナウンサー役の軍人がニュースを読み上げるのは、毎時、頭の五分間だけだった。五郎は、その五分間、必死になってトランジスタラジオを耳に当てた。原稿を読む軍人たちは、人種や出身地、あるいは教育レベルにばらつきがあり、発音の仕方も一様ではなかった。

レベルの高い英語を「聞く」、「話す」ためには、アメリカ人による個人レッスンを受けるのが最善と思われた。そこで五郎は、大学二年生の春から、梅ヶ丘の教室で個人レッスンを受け、三年生の夏まで続けた。教師はシカゴ出身のオーガストという、太った男性だった。リスニングとスピーキングの訓練としてベストの方法だったが、授業料が高かった。五郎は週二回、四千円を工面するのに精一杯だったが、高くても毎回、自分の耳の筋力になっていくような気がした。オーガスト先生はとっつきが悪かったが、人情は篤く、半年もすると、いろいろなことを話すようになった。あるとき五郎が、「徳島から上京し、作曲家を志望している俊一という友人がいる」と話すと、先生は友人が作った日本語の歌詞を英語に訳してくれた。だが、その英語の歌詞を、五郎はどこかに無くしてしまう。あのとき友人に渡していたら、彼は発奮し、立派な音楽家になったかもしれなかった。

先生を前に、頭の中で文章を作ってから発声するのではなく、文をまず発声し、間を空けずに次の文を発声する。苦しかったけれど、会話の訓練としてこの方法を繰り返した。

英会話学校も試したが、クラスの生徒数が五人であったり、七人であったりして、自分の発言の場や会話の機会が回ってくるのに時間がかかった。時にはまったくその機会のない授業もあり、五郎はやる気を無くし、学校を止めてしまった。

英語力が思うように伸びない。いつになったらアメリカ社会への適応力が身につくのかと、焦るようになった。この不安を払拭するために実行したのが、言語能力と社会・文化知識の習得を目的とした、アメリカ本土における英語研修とホームステイ・プログラムへの参加だった。

現地へ行って、生活を体験した。一九七〇（昭和四十五）年の七月と八月だった。

## 2　シカゴのホームステイ

### ブラトルボロの英語研修

一般に、アジアからの正規留学生は、アメリカ本土に着く前に、ハワイで英語研修を受ける。一方、ヨーロッパからの留学生は、アメリカ東部あるいはスイスで英語研修を受ける。バーモント州南部にある州最古の町、ブラトルボロの英語学校は、東部の研修所の一つであり、アメリカ国内外でよく知られていて、長期、短期の英語プログラムを、主にヨーロッパからの留学生に提供している。留学生は、平均半年、長くても一年で、アメリカ国内の大学から入学許可をとり、全米に羽ばたいていく。この組織は、学校の経営以外に、異文化とコミュニケーション関係の図書を数多く刊行していて、その分野でもよく知られている。

二十二歳の五郎は、七月と八月の英語研修およびホームステイ・プログラムに参加することにした。内容は、ブラトルボロの英語研修四週間、シカゴのホームステイ四週間、そしてニューヨークとサンフランシスコのそれぞれ一泊二日の観光だった。参加費用は一人百万円で、一九七〇（昭和四十五）年当時としては、かなりの高額である。それでも英語力をつけて、アメリカ人に会って、親しくなりたいと願う若い日本人は多かった。泣けてくるような話だが、アメリカと交戦した父親の矜持を、子である五郎は、微塵も持ち合わせていなかった。

ところで、プログラムを主催したアメリカ体験協会の行った英語試験について、五郎はいくつかの疑問を抱いた。

英語試験は、横に十二人、縦に二十人の合計二百人以上が同時に受験できる、大きな教室で行われた。試験問題は、多種多様な設問で構成されている検定試験ではなく、読解問題が中心だった。しかも、エッセイは「水と子どもたちの生活環境」を論じた社会問題であり、その話題にまつわる bucket や pawn shop などの単語が用いられていた。中南米で暮らす人間ならともかく、日本人の学生にとっては、寝耳に水である。エッセイの話題が偏りすぎていた。

もっと基本的なことにも、疑問を持った。

疑問その一。参加者は、参加費用全額を支払ったにもかかわらず、さらに適正試験に合格しなければならなかった。このプログラムに参加するための適正とは、何を指すのか。説明不足で、不親切だと思った。

その二。協会は、試験結果を発表しなかった。

その三。試験結果をどう評価したのか、協会は明らかにしなかった。これは違反だと思った。

そんな無責任な協会ではあっても、「あなたは合格しました」と、協会からの合格通知を受け取ると、「合格者」は、いそいそと代々木のオリンピック記念館に集まり、アメリカの社会に関する一泊二日の研修を受けた。協会に不信感を抱きつつも、この時代、アメリカそのものの魅力には勝てなかった。協会がうやむやにしたければ、すればよい。五郎は黙認することにした。


その夏、アメリカのプログラムに参加した学生と社会人の計百二十人は、羽田国際空港からニューヨークのジョン・F・ケネディ国際空港までのパンナムのフライト、そしてニューヨークのホテルでの一泊、ここまではいっしょに行動し、そこからプログラム別、そしてホームステイの受け入れ家族の都市別に分かれ、飛行機のフライトと貸し切りバスを異にした。

日本からアメリカの東海岸まで、一気に飛ぶフライトはまだ少なく、五郎たちの乗ったフライトはアラスカのアンカレッジで給油して、ニューヨークに着いた。アメリカで最初に一泊した重厚なプラザホテルでは、手洗いやバスタブに熱い湯が出ないという問題が起こった。

事態に気づいた学生たちから徐々に情報が伝わり、添乗員がホテル側に伝えたのは、問題の発生からずいぶん時間が経ち、日付の変わる時刻に近かった。多くの日本人学生が就寝前のほとんど同じ時間に、風呂に入って熱い湯を使ったというのが原因だったが、ホテルの設備がそもそも古かったというのが根本的な原因だった。熱い湯は二度と出ることはなかった。

翌朝八時、五郎ら三十人を乗せた貸し切りのグレイハウンドバスは、ホテルを出発し、ブラトルボロへと走り、正午過ぎには、丘の上にある英語学校に着いた。学校の敷地には、事務所および学生登録のためのオフィス、教室、職員室、学生寮、ライブラリー、カフェテリア、レストランと、およそ十棟の建物が点在していた。

学校の食事は、キャンパス中央の建物一階にあるカフェテリアで、朝、昼、晩と、ビーフかチキン、フィッシュ、あるいはパスタやシリアルから選択することができた。多くのメニューと豊富な量は、戦前生まれのグループリーダーの先生だけでなく、戦後生まれの五郎をも圧倒した。日本がこれから十年あるいは二十年かけて到達する光景が、すでにここにあった。

食事時間は決められていたが、厳格には守られていなかった。食事時間外でも、手のひら大のクッキーや各種の果物を、いつでも食べることができた。ビーフを食べた後に、シリアルを食べる猛者もいた。二人分食べても、誰も何も言わない。好きなだけ食べていいという暗黙のメッセージがカフェテリアに充満していたのには、五郎も驚いた。これは、後年日本でも広まったカフェテリアという食事形式で、五郎には生まれて初めての経験だった。

ところで、五郎たちの受けたブラトルボロの英語研修は、中身がお粗末だった。教える熱心さは教師になく、学ぶ心は学生になかった。教師は外国人を教えた経験がなく、学生は講義が聞き取れず、教師の顔を見ているだけだった。授業内容は、学生たちに理解されずに進められていった。アメリカ人教師に直接教えてもらうことがまだ珍しい時代だったから、「日本人学生はこれで満足するだろう」と考えた、主催者側の尊大な態度が透けて見えた。

梅ヶ丘で個人教授を受けた経験を持つ五郎にとって、この授業は茶番だった。本気で教えるならば、最初の授業で学生たちの四技能を測定し、四週間後に同じ試験をして、点数の伸びを調べる。しかし測定しないから、伸びたのかどうかわからない。もともと、この程度の研修時間では四技能の伸びは望めないという暗黙の了解があり、せいぜい白人の女性教師を眺めて楽しんでもらいたいという協会側の開き直りだろうと、五郎は推測した。

## トルコ人医学生

そんな中、五郎は、身近な人間に興味を持った。特に、寮で同室のメキシコとトルコからの医学生、そして英語を教える、ミシガン州からの高等学校の教員、この三人に興味が湧いた。学生寮に到着し、割り当てられた自分の部屋にスーツケースを運び入れた五郎に、まず

声をかけたのは三十代の浅黒い顔のトルコ人医学生だった。彼は、少し離れたところにいる学生を指差して、

「あの日本人はここに一年いるが、英語ができないので、まだ大学に入学できないのだ」と、断定的に言った。この学校に来た以上、一年以内に結果を出さなくてはならない、と言うのである。

ヨーロッパの学生が英語を学ぶのと、日本人が英語を学ぶのとは、まったく違うという見方もあるが、トルコ人医学生は、ネイティブのレベルになれと言っているのではなく、大学入学のレベルになれと言っているのだ。したがって、「日本人だから」というのは単なる日本人の言い訳にすぎない、と彼は言う。ここの教育は目的を達成するための手段であり、目的はそれぞれの専門である。英語は、専門を学ぶための手段であり、手段である英語は、この研修を受けていれば、自然と身につく。

「自然と身につかない理由があるのか。それは、サボっているからだろう」

と、情け容赦ない。

彼が、当の日本人を蔑視する理由は、もう一つあった。それは、七月に日本からやって来た女子グループに対して、「あの子はかわいい」とか、「あの子はハズレだ」と、品定めしたことである。そして、かわいい子がいると、学校の敷地内に生っているりんごは食べていい、土、日は路線バスでダウンタウンに買い物に行ける、などの情報をナンパ目的に使ったとい

う。知っている情報を駆使して、先輩面して品定めをする、これは卑怯だ、許せない、とんでもないことだと、イスラム教徒である彼は憤慨した。

フロントの片隅には、ミィーティングをするテーブルとイスを備えた小部屋があるものの、寮の建物の大半のスペースは、寮生の部屋に当てられていた。五郎の部屋は、一階の一番奥の三人部屋だった。部屋は、寝るだけに利用する。自由に使えるスペースは、自分のベッドの上だけだった。五郎と同室の別の一人は、メキシコからの物静かな二十代後半の医学生だった。メキシコ人のほうがお喋りだというステレオタイプを五郎は持っていたが、二人のうちでは、トルコ人医学生のほうがよく喋った。二人とも国費留学生で、もともと優秀だったが、二か月後にはアメリカ東部の医大に入学が決まっていて、残された日々をそれぞれ勝手に過ごしていた。

トルコ人医学生は、寮生活のルールについて、明確に口外する人だった。彼によると、
・寮の部屋で、食べたり、飲んだりするのはダメ。
・電気を点けて、寝ながらの読書はダメ。個人用電気スタンドの使用もダメ。
・友人を連れてきて話すのはダメ。
それぞれの「ダメ」について、彼は説明した。食べたり飲んだりしたいときは、二十四時

間営業しているカフェテリアへ行きなさい。電気を点けていると他の人が眠れないから、本を読みたければ、これも二十四時間開いている図書館へ行きなさい。友人を連れてきて話すのは、人に迷惑をかけるのでやめ、戸外で話しなさい。キャンパスは狭く、建物から建物には五分もあれば歩いて行ける。

たしかに、キャンパス内は安全なので、夜遅くても、トルコ人医学生の言うことは実行可能である。それぞれの内容も適切だ。こじれた感情は完全に修復できるものではないから、前もって言ってくれたことに感謝したが、五郎には寮生活の経験がなく、この三つの「ダメ」が常識的な行動なのかどうかわからなかった。しかし一回り年上の人からの忠告なので、二十二歳の五郎はそれを尊重することにした。

## ヒッピーに憧れるグリーン先生

ブラトルボロの英語学校では、リーディングとスピーキングの授業が行われた。その二つの科目を五郎たちに教えたのが、ミシガン州カラマズー市から夏季限定で来ていた、マーシャ・グリーンという女性の高校教員だった。カラマズー市は、シカゴから車で二時間半の、シカゴとデトロイトのちょうど中間地点にある。もう少しデトロイト寄りのアナーバー市には、彼女が卒業したミシガン大学がキャンパスを構えている。この大学の言語学の評価は、世界的に高い。英語教育法の一つであるミシガンメソッドとして、日本でもよく知られている。

州一番の公立大学であり、全米トップテンに入る学問領域を持つミシガン大学を卒業したグリーン先生は、実にすばらしい先生だった。
いつも足先幅広のジーンズ姿の先生は、カラマズーの公立高校で「バイオロジー」を教えているが、夏期休暇を利用して、英語指導のためにブラトルボロにやって来た。というか、英語を教えることが第一の目的ではなく、二か月間のバケーションが目的という趣きだった。先生の名前は、イギリス作家のグレアム・グリーンと同じ苗字で、スペルも単純なのですぐに覚えた。グリーンといっても最後にeの付くGreeneという人物は、アメリカに渡った最初の船、メイフラワー号に乗っていたピューリタンの一人だったと言われている。最後のeは発音されないので、eのないGreenと発音は同じである。グリーン先生はアメリカ東部に憧れを持つ、二十代後半のブロンド髪の女性だったが、教師であることより、女性らしさを強く漂わせた人だった。

五郎が学校の教師に女性を感じたのは、意外に早かった。小林先生という中二の担任に好意を抱いたが、気持ちを伝えたくても、どうしていいかわからず、五郎は「甘える」という行動をとった。掃除の時間に、小林先生に箒を見せ、柄の部分を誰かが汚してしまったと訴え、先生が話しかけてくれるのを待った。期待に反して、小林先生は他の先生と話しながら、箒の柄の部分を手で握り、こすり、ほほ笑んで五郎に戻した。まるで自分のちんちんが、先生に握られたような感じがした。さらに、先生がほほ笑んだのは、五郎のそんな気持ちを見抜いたからだと感じ、たじろいだ。五郎は怖くなり、以後、小林先生を想うことをやめた。このときの、女性に対する一種名状しがたい感覚は、中学生が豊満なおっぱいの女性をからかうことはできても、見たことも触ったこともない女性の股間についてはロをつぐんでしまう、そんな恐れと同質だった。

グリーン先生は、教室でいつもにこにこしている五郎に、よく声をかけた。五郎の「ほほ笑む」という非言語行為を、自分への好意のメッセージとしてグリーン先生は理解し、一方、五郎に話しかけるグリーン先生の言語行為を、自分への好意のメッセージとして五郎は理解した。それぞれ一方的な解釈だったが、二人の間にはコミュニケーションが成り立っていた。五郎は、グリーン先生の授業が、ひいてはブラトルボロの生活全体が楽しくなった。午後の課外学習として、グリーン先生が映画鑑賞を提案したとき、真っ先に賛成したのは五郎だった。先生と二人で映画館に行けると、つい勘違いしてしまったほどだった。

グリーン先生の勧める映画は『ウッドストック』だった。前年（一九六九年）ニューヨーク州ベセルで開催され、後に伝説となった、ミュージック・フェスティバルのドキュメンタリー映画だった。一年前の出来事が早くも映画になっていた。当のフェスティバルは、予定した三日間が四日間になり、五万人という予定観客数は五十万人に膨らんだ。予定していた会場は使えなくなり、急遽、広い農場に決まり、入場は無料になった。集まった人たちはドラッグをやり、セックスをし、ロック音楽を聞きながら寝て過ごした。その光景が、そのまま三時間のドキュメンタリー映画になっていた。グリーン先生は、カラマズーの田舎に帰れば一介の高校教師だが、ヒッピーの生き方に憧れ、冒険を愛する女性だった。

## グループリーダーの白井先生

白井先生という栃木の県立高校の先生に出会ったのは、アメリカ体験協会が研修を行った、代々木のオリンピック記念館の会場だった。先生は、五郎と同じ一九七〇（昭和四十五）年のプログラムに参加していた。白井先生をグループのリーダーに決めたのは、プログラムを主催した協会だった。なぜこの人物をリーダーにしたのか、協会は明らかにしなかった。想定できるとすれば、社会経験と英語能力の二つである。しかし、先生の社会経験は、日本社会における経験であって、アメリカ社会に必要な経験ではなかった。さらに、英語能力についても、地方の英語教員より都会の大学生のほうがはるかに実践英語に強く、コミュニケーション能力に長けていて、アメリカ文化への適応が早かった。つまり、協会の判断は間違っていた。

実際、問題はすぐに起きた。ニューヨークに到着して、まずしなければならないのは、ホテルのチェックイン、エンパイアステートビルの展望台へのチケットの手配、レストランの予約と場所の確認、レストランでのディナーの注文、夕食後のダウンタウン観光の手配のほか、ホテルで熱い湯が出ないといった突発事故への対応などである。さらに、翌朝のチェックアウト、長距離バスによるバーモント州ブラトルボロ市への移動など、これらすべてにおいて、白井先生の英語力とコミュニケーション能力の低さが障害になった。グループの足を引っ張ったのは、参加学生たちではなく、この先生だった。

ブラトルボロの学校でのリーディングとスピーキングの二科目は、能力によって三つのレベルのクラスに分けられ、それぞれ三クラスずつ、合計六クラスが作られた。五郎は二科目とも上位クラスに入ったが、白井先生は二科目とも、下位クラスに入ることになった。クラス分けをするのは、「このレベルから始めれば効率よく英語力が身につく」という、教育的・指導的な目標を示すメッセージだが、白井先生は、「あなたの英語力はこのレベルです」という、固定的・評価的なメッセージとして受け止めた。この間違った受け止め方が、彼に恥ずかしさを感じさせる原因になった。

四週間という短期の英語研修だったので、再度の試験によるクラス再編はなく、そのままのクラスが最後まで続いた。白井先生にとって、屈辱を感じる日々だった。

ブラトルボロを離れて、シカゴのホームステイが始まった八月になっても、白井先生は屈

辱感と戦っていた。滞在初日には、ホームステイ先の家族たちに、

「私は、高等学校の英語教師です」

と自己紹介したが、数日経って、家族が催してくれた歓迎パーティーでは、

「私は高等学校で、英文法を教えています」

と、言い換えていたらしい。

白井先生にとって、この二つの表現には大きな違いがあった。英語教師と言ってしまうと、リーディングもスピーキングも教えているという意味になり、話せない先生にとって、それはウソになる、しかし、「英文法を教えている」と言えば、この問題を回避することができた。先生なりの自己防衛だったが、アメリカ人にはその違いはわからず、いずれにせよ、白井先生の会話力はひどく貧しかった。

## シャルク家でのホームステイ

ブラトルボロで、ホームステイ先の家族からウェルカム・レターを受け取る、これが第一のサプライズ。シカゴの長距離バスターミナルに着いたとき、ホームステイ家族の歓迎を受ける、これが第二のサプライズで、日本人参加者は皆、その両方を経験した。

しかし、第一のサプライズは、五郎には起きなかった。五郎は、ホームステイ家族から手紙を受け取ることはなく、シカゴへの長距離バスの中で、ホームステイ先の家族について初

めて添乗員から知らされた。これには腹が立った。しかし、シカゴのバスターミナルに着いたときには、他の九つの家族と共に、ミセス・シャルクと娘のキャシーの二人が五郎を迎えに来ていた。

この第二のサプライズは、本来なら起こり得ない。なぜなら、ホームステイ家族が見つかったと知らされたのは、ほんの一時間前の、バスの中である。だから、五郎のホームステイ家族はもっと前に決まっていたはずだ。そうでなければ、バスターミナルには家族は間に合わない。

実は、五郎の元々の受け入れ先は、シカゴ警察署の部長の家族だったという。名前はわからない。しかし、予定していた娘の夏季の海外プロジェクトが中止になり、五郎の使える部屋がなくなった。そこで、部屋に余裕のある自分たちが五郎のホームステイ家族になった、とミセス・シャルクは打ち明けた。シャルク家が受け入れてくれたことには感謝したが、不満は残った。ホームステイ先の変更などなく、他の参加者と同じように、ブラトルボロで手紙を受け取り、今日の出会いを経験したかった。というのも、自分だけが取り残されているという感じがして、嫌だったたからだ。

ホームステイ家族の決まり方には納得がいかなかったが、シカゴに無事着いたことへの興奮が勝った。その晩、ミセス・シャルクの家族は、五郎の到着を祝って、近くのドイツレストランで食事会をした。これがホームステイ滞在中の、最初で最後のレストランでの食事だった。

最後にトルココーヒーを飲んだが、なぜトルコなのか、理由がわからなかった。五郎という非日常的な者が来たから、今日は非日常である。その非日常性を締めくくるには、コーヒーも非日常的であるのがふさわしい。それでトルコのコーヒーということだったかもしれない。とにかくコーヒーは苦かった。

シャルク家は、シカゴ市北西部、アービングパークとキーラー街の交わる四つ角から四軒目にあり、住所は、三九〇六ノース・キーラー。屋根は濃い茶色で、外壁は白。建物を正面から見ると、左側半分には、リビング・ルームの窓が出張っていて、右側半分には、玄関と小窓があった。

一階には、台所とダイニングルームとリビング・ルームがあり、台所には、朝食用テーブルとイスが置かれていた。ダイニングルームには、八脚のイスがあり、リビング・ルームのイスと併せれば、十五人ほどのパーティーをするには十分だった。五郎の滞在中、二度、八人が集まったパーティーが催された。一回は全員が着席して食事をする形式、もう一回は部屋のあちこちに置かれているイスに腰掛けて、フォンデュやキッシュ、ケーキ、サラダ、ブレッドなどを食する自由な会食だった。大量のワインが出された記憶がある。イスとテーブルを勝手自由に使うパーティーは、安価なパーティーに向いている。きちんとした食事のときは、イスとテーブルを固定して、厳かに行われる。

二階には、四つの個室と、バスルームとトイレがあり、それぞれの部屋には、日本間とは対照的に、飾った華やかさと、物のあふれた賑わいがあった。五郎はここで、アメリカ中産階級の家庭の雰囲気を、初めて体験した。蛇口の周りに、ティシュボックス、臭い消し用の大きなマッチ、マッチの硫黄によるトイレの消臭が行われていた。四人分のタオルも、入り口横の棚に積み上げられていた。

## シャルク家の人々

この家には、ケネスとデラの夫婦と、長男エド、そして次女キャシーの四人が住んでいた。長女のリンダは、車で小一時間くらいの、シカゴ市北西部のアパートに、夫のマシュウと暮らしていた。ケネスは、実直な労働者という、ドイツ系のイメージどおりの人物だった。長男のエドには恋人がいて、職場から帰るとすぐ彼女に会いに行き、帰宅するのは深夜だった。五郎が彼と顔を合わすのは、週末に限られていた。

朝食は、各人が自分の予定に合わせて、勝手に済ませた。父親のケネスは七時過ぎに工場へ向かい、エドも七時半にはシカゴのダウンタウンにある、シカゴ・トランジット・オーソリティ（CTA）に出勤した。ミセス・シャルクの朝食は六時、五郎は八時だった。十八歳のキャシーはその夏、ホームステイをする五郎のために家にいたので、適当な時間に起きて、食べたり、食べなかったりしていた。

初めての朝食、大げさに言えば、シカゴ最初の朝食は、食パン一枚と目玉焼きの玉子一個、ソーセージ二本、そしてスイカ一切れだった。スイカは新鮮でおいしかったが、ブラトルボロで何度も食べたものだった。ミセス・シャルクがお替りを勧めたので、もう一切れと所望したら、顔をしかめた。五郎はその表情を否定の意味に取り、シャルク家ではお替りをしないことにした。

二日目の朝十時頃、一人でシャルク家の周りを散策し、四つ角の向こう側、つまりアービングパーク通りの北側に小さなコインランドリー店を見つけ、下着類を持参して洗濯をした。洗剤は一箱十セントで、機械売りされていた。洗濯機には「一箱投入」という指示文があったが、多めに入れればきれいに洗えると思い、投入口に二箱入れた。しばらくすると、洗濯機が蟹のように泡を吹き出し、あふれ出た泡が床に広がった。五郎はぼんやり、それを眺めていた。初めてのホームステイの緊張からか、五郎は疲れていた。

コインランドリー店の隣には、小さな雑貨店があった。日用品すべてが揃いそうな店で、一人の男性の老人が店番をしていた。スーパーマーケットの時代はとっくに始まっていたが、この近隣には、まだこのような一角があった。五郎は、店内を見て回った後、雑誌『プレイボーイ』を少々照れながら買った。

店番の老人は、別のことを考えていたかもしれない。東洋人が一人でアダルト雑誌を買いに来た。これはおかしい。こんな時間に買い物に来る東洋人がいるということは、そのうちに、この辺は東洋人ばかりになってしまう。そうなると、土地家屋の値段が落ちてしまう。その前に引っ越すべきだ――。


シャルク家は、夫婦ともにドイツ系で、女優のイングリッド・バーグマンのような丸顔の夫人に似て、子どもたちも全員、丸顔をしている。まるで、英語を話すドイツの家庭にいるようだった。シカゴのドイツ系住民は、白人の集団がおよそ六十%を占める中で、アイルランド系に続く大きな集団である。彼らは、アメリカ中西部の人口に大きな割合を占める質実剛健な人々である。

夫人のデラは、若い頃、「アメリカが日本との戦争に入った」と、ラジオが伝えた日を覚えていて、そのことを五郎に語った。彼女はアメリカ人としてのアイデンティティを強く持っていたが、ドイツ系ということもあり、「日本人は卑怯者」と、軽く思っている程度で、特に興味を抱いているわけではなかった。デラはあるとき、

「五郎の住んでいるところは、ランニングウォーターか」

と問うてきたが、戦後の復興についての質問なのか、文明レベルについての質問なのか、は

っきりしなかった。まさか、戦後二十五年たっても、水道が復旧しなかったとは考えまい。すると、文明の問題として、日本に水道設備があるかどうかと尋ねたことになる。日本に対する彼女の理解はこの程度だった。

シカゴ市には、エドの勤めるＣＴＡがあり、電車とバスを運行している。ダウンタウンを中心に、南、北、西、そして北西の方向に、電車の路線が伸びている。バスは、電車の駅を繋ぐ格好で、タテ、ヨコ、ナナメのすべての道を走っている。ホームステイの四日目に、五郎は一人でアービングパーク駅から電車に乗り、ダウンタウンで南北線（今のレッドライン）に乗り換え、さらに南に向かった。五郎の前に座る人の髪の毛が、北部ではブロンドの髪、ダウンタウンのあたりでブロンドと縮れ毛の黒色がミックスになり、南に入ると、すべてが縮れ毛の黒色になった。

車内アナウンスの英語が、聞き取れなかった。黒人の車掌が、近づいてくる次の駅名を叫んでいるが、黒人英語のせいか、車掌個人の訛りのせいか、何と言っているのか、まったく理解できなかった。仕方なく、次の駅に近づいたところで、駅名標を探した。駅名票は見つかったが、前後の駅名は書かれていなかった。シカゴに住む人に、それは必要なかった。電車がスピードを落とし、自分の降りる駅名が目に飛び込むと、急いで人を掻き分けて、出入り口に移動した。これほど緊張して電車に乗ったのは、生まれて初めてだった。

## リンダとマット

シャルク家は市内北西部のドイツ系住民が多く住んでいる地域にあり、五郎以外の九名のホームステイを受け入れたユダヤ系の家族は、シカゴ市北部に集まっている。通常、ユダヤ系の家族はドイツ系の家族を同じプログラムに誘うことはない。では今回、なぜ誘ったのか。それは、リンダがユダヤ系のマシュウ・モーゲンソウ、愛称マットと結婚していたからだ。ユダヤ系家族のホームステイを組織するグループのリーダー、ミセス・リロイからマットに電話があり、リンダがさらに母親に連絡したのだった。

ホームステイを受けてくれる家族は、そう簡単には見つからない。今回も同様の問題が起き、ドイツ系と結婚しているマットの家族に連絡が入ったのである。

リンダとマットが、どのように出会い、結婚したかについては、四週間のホームステイ滞在中、誰も五郎に教えなかった。五郎がシカゴに来たときには、二人はすでに結婚し、アパートに住んでいて、シャルク家のパーティーに、その都度駆けつけた。

五郎は、彼のために催されたシャルク家のパーティーで、リンダとマットを紹介された。マット夫妻は日頃、ドイツ系の親類と会話を交わすことはなく、リンダの母、つまりマットの義母であるミセス・シャルクとだけ話していた。この行動は、一般的には不自然だが、このパーティーにはユダヤ系はほかに一人もいないことを考えれば、やむをえないかもしれなかった。

「日本から来たのか」

と、マットは初対面の五郎に話しかけてきた。日本を出発し、まずブラトルボロへ行って英語研修を受けた、と五郎は話し始めた。すると突然、話の腰を折って、

「日本は平和か」

と質問した。五郎の英語が聞き取れなかったのか、話題に興味を失ったのか。五郎が戸惑っていると、さらに、日本ではどのような音楽が流行しているのか、それは日本固有の音楽なのか、西洋音楽に影響を受けた音楽なのかと、畳み掛けてきた。

コミュニケーションは一般に、同一の話題で会話をつなげる、あるいは、関連する話題で会話をつなげるのが基本である。この基本ルールをマットは破った。もう一つのルール違反は、一方的にいくつもの話題を持ち出したことである。マット自身は、会話を続けていると思っていても、相手、（この場合、五郎）は、自分の発言の機会が奪われていると判断する。自分から口が出せない状態では、相互のやりとりにはならない。特に、人間関係の初期の段階において、ましてや初対面においては、まともなコミュニケーションは成立せず、好ましい人間関係は築けない。

さらに、コミュニケーションのスタイルも問題だった。マットのスタイルは、シカゴのローカルで、荒い、下品な言い回しを使う。対照的に、夫人のリンダは、五郎のような外国人

にも理解できる、標準レベルの言い回しを使う。

リンダの顔に、特段の魅力はなかった。丸い顔に丸い目で、その目は大きく、いつもウソがばれたときのような表情だ。一方、マットは、顔が細長く、その下半分には濃いひげが生え、ギョロ目で、いつもせわしなく喋り、落ち着きがない。どう見ても、二人は魅力的とは言えない。しかし、この二人は結婚したのだから、互いの魅力を見つけたに相違ない。たとえば、丸い顔と長い顔、あるいは肥満体型と筋肉質体型といった対称性に、二人は引きつけられたのかもしれない。二人は知り合ったことで、互いに救われたのではないか、と思うと、五郎はおかしくなった。

かつて反目していたドイツ系とユダヤ系の二人が結婚する。これは、観念的には五郎の理解を超えていたが、リンダとマットのように、生身の人間を見れば、人種の違いなど問題ではなく、個人として付き合えるか、そして共に暮らせるかが問題だとわかる。

ところで、マットがあの有名な国際関係学のハンス・モーゲンソウの実子であることを、彼の知人は知らない。マットは決して、自分から明かすことはなかった。マットの姉は、東部で大学教授をしているが、マットは、無名の一市井人としてシカゴで生きているのである。

シャルク家の夫人は、自分をミセス・シャルクと呼ばせた。初めてのアメリカ家庭の夫人から言われたことでもあり、五郎は素直に、彼女をそう呼んだ。五郎がこの呼び方に疑問を抱いたのは、映画を見ても、テレビ番組を見ても、初対面の相手に対してだけでなく、社会的地位の異なる相手に対しても、互いにファーストネームで呼び合っているからだった。

ドクター・ジョンソンというように敬称を付けて呼べば、対等でない関係が生じる。一方、互いをファーストネームで呼び合えば、格差のない地点から会話を始めることができる。初期の段階で差をつけない、そのほうがフェアである。と言っても、実際には完全に対等ではなく、壁はあるのだが、名前を呼ぶ度にフェアな気分になることができる。この効果は大きい、と五郎は思った。もっとも、大人社会で、あるいは初対面の段階からファーストネームで呼び合う経験のなかった五郎には、違和感の残るアメリカの習慣だった。

シャルク家の夫人は、ホームステイの最後まで、自分をデラと呼ばせなかった。このことは、五郎が再度シカゴを訪れたときにも、しこりとなって残っていた。

## レイクフロントに集まる人々

ミシガン湖沿いに南北に走るハイウェイがあり、その一部は、レイクシュアドライブと呼ばれている。アメリカでは、奇数のハイウェイは南北に、偶数のハイウェイは東西に敷設されている。このハイウェイはフォティワンであり、南北に走っているのである。

エバンストンの方向からシカゴ南部へ向かい、ダウンタウンを過ぎた辺りで、レイクショアドライヴを降りる。そして、ミシガン湖に突き出た、アドラー・プラネタリウム博物館から少し手前の道沿いに車を停める。歩いて建物に向かう途中、振り返ってシカゴのダウンタウンを眺めると、誰もが感嘆の叫びを上げるだろう。カップルや子ども連れの若夫婦も、こぞってこの眺めを楽しんでいる。ここで一枚の写真を撮れば、右のジョンハンコックセンターから、左のシアーズタワーまで、いくつもの高層ビルが並び、それはそのまま一枚の絵葉書になる。

ミセス・シャルクが、五郎に問いかけた。

「シカゴの夜景を、ミシガン湖から見るのはどうかしら」

「ミシガン湖から？」

「遊覧船に乗って、船の上からシカゴを見るのです」

ミセス・シャルクがボートトライドをしようと言う。並んで待つ必要はなく、事前にチケットを買って、出発予定時刻に船着き場に行き、遊覧船に乗った。船の名を「シカゴ号」といい、定員四十五人だったが、その夜は、半分も席が埋まらなかった。ミシガンアベニュの橋の下から出発した船は、シカゴ川をしばらく遡る。大きなビルを見上げてから舵を切って旋回し、ミシガン湖に向かう。

右手に高いビルディングが現れ、船内アナウンスが始まった。

「ツインシティと称します。まったく同じ二つの建物からできているのでツイン、つまり双子のビルです。建物の下部三十階部分は駐車場になっていて、上部はいろいろな店舗や分譲マンションになっています。この建物をシティと呼ぶのは、病院や郵便局からジムやスーパーマーケットまで、生活に必要な店舗や施設がすべて揃っていて、あたかも一つの市の機能を持っているからです」

ミセス・シャルクも五郎に、生涯一歩も外に出ることなく、建物の中で生活することができるのだと、まるで自分の建物であるかのように、あるいは、ここに住んだことがあるかのように解説した。大げさな自慢話に聞こえたが、これは当時、世界のどこにもない高層ビルだった。

シカゴのマーチャンダイズ・マートやリグレービルディングは、日本風に言えば、戦前からのビルである。それらが、近年建てられたマリナシティーやジョンハンコックセンター、スタンダード・オイル・ビルディングと並んでいる光景は、いわば戦前と戦後の混在である。焼け野原にされ、何もない日本の都市とは違っていた。アメリカ人の決まり文句、「石器時代に戻してやる！」という威嚇と共に、日本の都市が焼夷弾で焼かれ、原子爆弾を落とされ、文字通り壊滅状態にされてから二十五年が経ったが、今なお復興真只中の東京では、四十階建てのビルはまだ二棟だけだった。

シカゴ川をさらに上れば、いくつもの橋の下をくぐることになる。ステイト通りの橋、デアボーン通りの橋。さらに、クラーク、ラサール、フランクリンと橋が続く。シカゴのダウンタウンは二重構造になっていると、ミセス・シャルクが説明した。地上だと思って歩いていると、そこは二階で、本当の地上は一つ下なのである。

## リロイ家とクルーソー家

五郎はやがて、リロイ家とクルーソー家の人々と親しく話をするようになった。リロイ家に招待されたとき、その家の一人っ子のテレサが五郎に、友達の中に、五郎に会ってみたいと言っている女の子がいて、紹介したいと伝えた。好奇心もあって、その女の子と会ったが、会話は弾まず、特に進展することはなかった。五郎の話し相手はもっぱらテレサだった。テレサは、背が高く、目の大きい、魅力的な女性だった。成人女性と思ってしまうほど、大人の雰囲気を湛えた十七歳だった。老夫婦にひどくかわいがられている様子が、ぷんぷん匂っていた。

初めて会ったとき、テレサは「あなたをリックと呼びたい」と言い、五郎の名付け親になった。リックは、リチャードの愛称である。自己紹介の際に、日本の姓名を名乗ると、それだけで違和感を抱くアメリカ人がいる。そしてその日本人を心の中で撥ねてしまい、それ以降、話しかけようとしない。

だから、日本人の五郎がリックと名乗るのは、アメリカ社会への歩み寄りでもあった。それによって初対面の壁を取り除き、対等の始まりを手に入れる可能性が生まれる。もっとも、このような理屈を考えたのは五郎であって、十七歳のテレサには、自分の好きな名前を五郎にプレゼントする、それは、五郎が困らないようにするため、というほどのことだったろう。

「私の名前はリックです」と言うと、日本人は皆、微妙な反応をした。しかし、五郎はリックという名前を気に入り、アメリカ人と話すとき、

「自分はリック。リックと呼んでくれ」

と、胸を張って言うようになった。五郎に話しかけてくるアメリカ人の数は、アメリカ名を持たない他の日本人よりも確かに多かった。


シカゴ市北部に住むクルーソー夫妻は、奈良県から参加した大学生の啓子に、子供部屋を提供していた。五郎と他の日本人二人は、二週目の火曜日に、クルーソー家に招かれた。それぞれのホームステイの家族に車で送られ、午前十一時頃、クルーソー家に集まった。

「夏休み中、私はタクシーのドライバーをしている」

「えっ、どうしてですか」

「お金が必要なのだ。家族が多いからね」

「だけど、短期大学で教えていると、啓子から聞きましたけど」

「タクシーのドライバーをするのが、何か問題かな」

「いえ、そんなことはありません。すみません」

これが、クルーソー家の主人と五郎の最初の会話だった。短大の教授とタクシーの運転手。この二つが、五郎の頭の中で結びつかなかった。

「何を教えていますか」

「哲学」

「はあ。そんなものを短大で教えているのですか」

「そうだ。何か問題かな」

「いえ」

「教養課程だよ」

哲学と言ったので、専門課程で教えていると、つい勘違いした。そして、クルーソー家の主人の仕事を見下している自分を恥じた。

クルーソー家の主人の給料は、夏季休暇中は支払われない。そういう契約である。つまり、十か月は有給で、二か月は無給である。そのような契約を聞いたことはあったが、実際そうしている人に会ったのは初めてだった。それが、夏休み中にタクシーの運転手をする理由だった。

「シカゴ市内の道はよく知っている。簡単なものだ」

五郎には初め、それが強がりに聞こえた。仕事に貴賤はない。自分に合う仕事ならそれでよい。そうに違いないが、日本でもアメリカでも、夏休み中にタクシーの運転手をしている大学教師はまずいない。

五郎は時間がたつのも忘れて、クルーソー家の主人と話した。その間、啓子が時折、顔を見せて、二人の話を聞いていた。クルーソー家の主人はいつも、短大で若い学生たちと話している。それもあって、五郎との会話にも積極的で、五郎の話をよく聞き、五郎を飽きさせない。会話はスムーズに流れた。彼は、五郎を「アメリカ人と話している」という気分にさせた一人だった。


クルーソー夫人は、お菓子や飲み物をいっぱいテーブルに並べ、小学生くらいの子どもたちを立たせて、指差しながら、食べ方や座り方、座る場所といった細かいことに注文を付けた。啓子のホームステイ家族になると決まってから、三百ドルの新しいソファーを買い、購入時のナイロンカバーをそのままにしていた。カバーを外すとソファーが汚れてしまうからだと、五郎に説明した。その程度の金は、協会から謝金として受け取っているはずで、五郎はなんとなく不快だった。啓子にそのことを話すと、意外にも、

「それは、子どもが小さいからよ」

と答えた。そうか、しつけのためなのか。「それにしてもけちだなあ」と五郎は思った。

一九七〇（昭和四十五）年当時には、まだ多くの男たちがタバコを吸っていた。クルーソー家の主人は、「ティパリオ」という細くて短い、吸い口がプラステック製の簡易な葉巻を、戸外でも、室内でも、かまわず吸っていた。その場には、自分の子どもたちもいた、タバコに対する扱いが大きく変わっていく以前のことである。後年、シカゴのダウンタウンで、メジャーなステイトストリートに路面店を構えていた古い大きなタバコ店が、一つ下のランクのストリートに移り、さらに数年後、その建物の二階にひっそりと移っていった。

## 下北沢のハマユウ

リロイ家のテレサに、五郎が恋心を抱いたのは間違いない。しかしリロイ夫妻からの無言の圧力は、『招かざる客』のシドニー・ポアチエ扮する黒人医師に対する、白人の娘を守る両親の圧のように思えた。とてもじゃないが、恋心など打ち明けられたものではないと感じた。

この種の圧とは多少異なるが、五郎にとって忘れられない思い出がある。大学時代に一年間住み込みで働いた、新聞販売店の末娘のことだ。彼女は、黒人医師の婚約者である娘よりもずっと若かった。その分、一家全員で彼女を大切にし、守っている感があった。

そこは、東京の北沢三丁目。時は、一九六八（昭和四十三）年。

毎朝四時になると、店の主任が玄関のガラス戸を開ける。そして、三十分くらい前に本社からのトラックが玄関先に投げ込んだその日の朝刊と、前日までに店が受領した折り込み広告を、すべて作業台に乗せる。それを合図に、住み込みで働いている四人の新聞配達員が起きてきて、自分の配達する新聞に、広告を挟んでいく。慣れている配達員は、担当している二百五十軒分の新聞に、しゃっ、しゃっ、しゃっと、リズムよく音を立てて広告を挟み込み、三十分以内にこの作業を終える。

そして、四時半には、自分の使用する自転車の前と後ろに、新聞二百五十部と、担当区域内の読者が定期購読しているスポーツ紙や英字新聞、そして子供新聞を積み、販売店を出発する。

五時前には、主任を含む配達員全員が出発し、作業部屋は空っぽになる。しばらくすると、新聞販売店を経営する家族の夫人（「奥さん」と呼んだ）が目を覚まし、二階から降りてきて、家族と配達員全員の朝食の準備を始める。

六時を過ぎると、配達を終えた人から順に、朝食を食べ始める。七時には、主任も含め、配達員全員が食べ終える。その頃になると、二階で食べていた家族のうち、出かける人は一階の食堂を通り、家を出る。

家族五人と、主任と、配達員四人の合計十人が、ここで生活している。夫婦には、三人の娘がいた。社会人、大学二年生、そして中学二年生で、いい具合に、年が離れている。主人は、静岡から茶葉を仕入れてきて、近隣で販売しているので、新聞販売店は、夫人と主任の二人が仕切っている。配達員は、大学生二人、歌手を目指す青年一人、素性のよくわからない青年一人の、合計四人である。その大学生の一人が五郎だった。五郎がここに住み込んでいるには、それなりの理由があった。

大学紛争に関わらなかった五郎は、平家の平知盛についてのエッセイを書いた。好き勝手にまとめた文章だったが、中で、平家の武将や皇族を敬う言葉を用いた。その作品を読んだ、学生運動をしている友人の長江が、五郎の態度について激しい口調で批判した。

「お前はどういう考え方をしているのだ。客観的に事実を述べることに終始すべきであって、お前の尊敬対象はおかしいだろう。権力者をあがめて、何になる」

五郎は、

「そうなのか」

と言ったが、反論はしなかった。この友人のほうが、はるかに口達者で、言い負かせるとは思わなかった。

ベトナム戦争反対の学生らが暴徒化し、機動隊と衝突した。後に新宿騒乱と呼ばれるようになった出来事だ。この新宿騒乱の起きた十月二十一日の夜、五郎は、その下北沢の新聞販売店の一階の居間で同僚と酒を飲んでいて、テレビでその事件を知った。それほど、五郎の態度と生活は社会情勢とかけ離れていた。

五郎には、田舎から当時月三万円の仕送りがあり、特に生活に困っていたわけではない。五郎の通う大学が大学紛争に入り、授業が行われなくなったとき、無性に、新聞配達がしたくなった。この機会を逃せば一生、新聞配達をするチャンスなどないと思い、すぐに販売店を訪ねた。学生で体力もあるということで、店主にしてみれば儲けものだった。即決だった。東京での生活を自分の足で始める、という形をつけたが、この判断は後に、祖父の大きな怒りを買った。

「一年間、働かせてもらいます」

と、五郎は店主に向かって期限を切った。

三か月が過ぎた頃、五郎は、この家の中学二年生の映ちゃんに抱きついた。映ちゃんが学校へ出かけようとして一階に降り、台所と居間の間の敷居の上に立っていたとき、映ちゃんの正面から両手をまわし、抱きしめ、動けなくしてしまった。

「映ちゃん」

と、言っただけで、五郎は、そのまま動かなかった。動けなかった。映ちゃんは、何も言わなかった。五秒ほどたった頃、映ちゃんが息を詰めているのが、五郎にもわかった。

それだけのこと、と言えば言えるが、五郎にとっては衝撃的な出来事だった、映ちゃんにとってもそうだったと思うが、五郎には知る由もなかった。実際、冷静に振り返る余裕も、判断力もなかった。

抱きついているのを、いつやめたのか、どんなきっかけでやめたのか、後になっても、まったく思い出せない。記憶に残っているのは、五郎が自分の息を吐き、体を少し引いたことだった。ほとんど同時に、映ちゃんも、自分の体を引いた。

これが、五郎と映ちゃんが触れ合った初めてであり、終わりでもあった。

事件の日から、映ちゃんは、五郎が一階にいる間、二階から下に降りてくることはなかった。二階は、いつものように静かだったが、何かの拍子に映ちゃんがあの出来事を家族に言わない保証はない。そんなことにもなれば、家族から何かしら伝えられるだろう。販売店を追い出されるかもしれない。しかし、家族四人はいつもと変わらぬ様子で、それまでと異なる顔の表情や、距離の取り方は現れなかった。

一週間、息の詰まるような時間が流れた。たまたま店内ですれ違うことがあっても、映ちゃんは五郎から視線を外した。五郎からも、何も言えなかった。やがて約束の一年が経ち、五郎は、新聞配達の仕事を辞め、販売店を去った。

　五郎は映ちゃんを「下北沢のハマユウ」とひそかに呼び、その後も折に触れて思い出した。映ちゃんは、女優の浜木綿子《はまゆうこ》の名をハマキ・メンコと読み、母親から、浜木綿は「ハマユウ」で、海の近くに咲くきれいな白い花だと説明された。五郎は、親子のこのやりとりを聞いていたのだった。


　四年生が終わる頃、五郎は一度、その新聞販売店を訪ねたことがある。どういうつもりだったのだろうか、その頃付き合い始めた女性を、新聞販売店の家族に見せに立ち寄ったのだった。五郎に気づいた映ちゃんは、思い切り元気な声で、何か喋りながら二階から駆け降りてきた。言っている意味は聞き取れなかったが、声が明るく、大きかったので、映ちゃんの自分への気持ちは肯定的だと感じた。

　その後、五郎はアメリカに住み、シカゴで四年間を過ごした。日本に一時帰国したとき、映ちゃんは五郎も知る男性と同棲している、と奥さんから聞いた。さらにその四年後、再び一時帰国して新聞販売店を訪れると、奥さんから、映ちゃんは同棲をやめて別の男性と結婚し、東京蒲田に住んでいると聞かされた。このときになって初めて、自分が何度もこの家に来るのは、映ちゃんがいるからだと気づき、映ちゃんを愛おしく思った。

## もらったエントランス・キー

シャルク家でのホームステイを終え、サンフランシスコ観光に向かう長距離のグレイハウンドバスに乗る、その朝、びっくりすることが起きた。玄関を出る寸前に、五郎はミセス・シャルクから自宅のエントランス・キーをプレゼントされたのだ。ホームステイ家族から食べ物や土産物をプレゼントされた他の九人とは違って、自分は玄関の鍵をもらった。五郎は無邪気に自慢して、皆に見せて回った。五郎は当然、「いつでも帰って来て、このキーを使って自分で玄関を開けなさい」と言われたのだと解釈した。そして、考えうる目一杯の妄想を積み重ねた。しかし、ミセス・シャルクの思惑はそうではなかった。

他の九つの家族のもてなしに比べ、自分たちは五郎に多くをしてあげられなかった。他の家族と地理的に離れていることも、五郎を寂しがらせただろう。そのうえ、五郎は嬉しさの感情をストレートに表現しない。日米の感情表現の違いに、五郎の性格も加わって、ミセス・シャルクは後ろめたさを募らせていた。

そこで、エントランス・キーによる巻き返しである。ミセス・シャルクが機転をきかせたのだった。しかし、このすれ違いは、五郎のその後の生きる方向に大きな影響を与えることになった。

サンフランシスコは、シカゴより気温が低く、乾燥していた。そのような中、ゴールデンゲート・ブリッジ、フィシャーマンズワーフ、ピア39の三か所を、奈良から来ていた啓子と二人で観光して回った。サンフランシスコは坂道が多かったが、五郎は自分が小学生の頃、プロレスラーの力道山がサンフランシスコに遠征し、アメリカ人プロレスラーをやっつける漫画を読んだことを思い出した。

途中、「セックスしたい」と恵子に言って、思いきりバカにされたが、嫌われることもなく、その後も二人でケーブルカーに乗り、波止場まで移動し、限られた時間を有意義に使った。これでアメリカが最後だという気分が、何を言ってもいい、何をしてもいいという気にさせていたのだった。

サンフランシスコでは、こんなこともあった。坂道を下り、道沿いの庭石に腰をかけて、二人で疲れを癒していると、

「出て行け。そこに入るな!」

と怒鳴る声がした。声の主は、玄関横のサイドドアから出てきた背の低い白人の老人だった。そして、

「シーッ」

と大きな音を立てて、犬や猫を追い払う手つきをした。

五郎たちは、私有地に入ってしまったのだった。すぐにその場を離れたが、かなりショッ

クだった。これまでの人生で、五郎は人に怒鳴られたことはなかった、ましてや、犬畜生扱いされることはなかった。われわれは犬猫か。あるいは石ころか。アメリカ人は途方もなく汚い言葉を使うことがあることを知らされた。

その後、五郎はJapanese people are treated like pebbles in America.（日本人はアメリカで石ころ扱いされる）という表現にして、いくつかの場所で使った。それは、このときの体験をもとにしたものだった。

## これからどうするか

帰国後、五郎は、次の段階に進めないでいた。中学生のときに経験した学校の併合、高校生のときに経験した社会性の欠如、そして、大学生のときに経験した大学紛争の際の学生と大学当局の無責任さ。すべてにおいて納得できず、消化不良のような日々が続いた。

一歩踏み出した人間が、五郎の周りに二人いた。一人は、友人の長江である。学生運動をしていた長江は学部卒業後、優位な大学院に入学し、国家公務員の上級試験に合格した。平知盛について五郎が書いた文章を批判した長江は、明るい将来を夢見ていた。

もう一人は、友人の久保である。大学紛争、大学封鎖など、まるでなかったかのようにやり過ごし、大学での授業が復活すると、卒業して三重県に帰省し、親の伝手を頼りに、安定した団体職員になった。

もうこのへんで伊勢に帰って来い、というのが、祖父を含めた五郎の家族の要望だった。有意義だったかどうかはともかく、高等学校を卒業後、四年が経過した。家族は、「昨年は二か月間、アメリカにも行かせた。もう田舎に帰り、次の段階に進め」と主張した。そのために、五郎のためだけの家を新築し、「ここでやっていけるだろう」とも言った。

しかし、戻るわけにはいかない。戻れば、田舎を出た意味がなくなる。

英語研修とホームステイの経験を通じて、ほんの少し見えた明かりを頼りに、自分の方向を探ってみた。その明かりとは、アメリカに知り合いができたこと、そして、シャルク家の鍵をもらったのだから、シカゴで生活するという見通しが立ったことだった。

シカゴで新しい生活を始めることができる、という感覚は貴重だった。英語力については、大学二年のときに梅ヶ丘のオーガスト先生の個人レッスンで、生の英語のやりとりを経験した。それがホームステイでも役立った。

シャルク家の人々とは、時にはもめながらも、うまくやっていけるだろう。カルーソー短大教授や、リロイ家のテレサとは親しく会話する間柄になり、リンダの夫の父、つまり義父であるハンス・モンゲンソウというシカゴ大学教授の知己も得た。

自分にはアメリカ文化への適応力がある、と五郎は思った。ホームステイ中に特に問題を起こすこともなかった。日々、五郎にとって未知のことが現われ、理解するのに忙しかったが、すべて楽しい経験だった。しかし、アメリカに移住した日本人は、アメリカに最初に来た集団ではなかったし、集団の規模も小さい。それゆえの人種集団としての日本人の限界と悲哀について、当時の五郎は何も知らなかった。シカゴにおける人種集団のダイナミックスや、アイリッシュ系アメリカ人の頑迷さについては、いっそう知る由もなかった。

エントランス・キーを頼りに、五郎は計画を進めていった。生活を続けられるかどうか、経済の問題は、あいかわらず手つかずの状態だった。五郎の決断をどこまで理解したのかわからなかったが、アメリカ行きを最も反対していた、五郎の祖父八左衛門《はちざえもん》は、近鉄宇治山田駅前の「大喜《だいき》」で、五郎にすしを食べさせ、二人だけの送別の宴を催してくれた。明治三十二年生まれの祖父は、戦争体験はないが、国を思う強い気持ちを持った人だった。敗戦の八月十五日が過ぎると、鳥羽の港に米兵が上陸して来ると聞き、米兵と戦うために、山田へ行って、『菊一《きくいち》』という店で日本刀を購入した。一メートルくらいのその刀は、長い間、五郎の実家に仕舞われていたが、五郎は見つけ出し、抜刀して、その重さに驚いたことがあった。

そのころ口ずさんでいた歌がある。次のような内容だった。

遠く、長い旅になることはわかっている。

私は行かん
遠い国《ところ》目指して

何をするために行くか、それは十分わかっている。

若いころの負けを取り戻すために
負けを取り戻し
勝ちにつなげるように
今度は気をつけて行こう
超えて行こう　どこまでも

日本を離れ、当分帰らない覚悟だったが、いつまで、と期限を切れず、五郎は苦しかった。五郎の思いを知らない家族に、まさか「十年」とは言えなかった。

# 3　シカゴでアルバイト

## 予期せぬ宣告

一九七二（昭和四十七）年七月、シカゴに舞い戻った。ホームステイ以来、二年近くが経過していた。オヘヤ国際空港からＣＴＡの電車に乗り、アービングパーク駅で下車しておよそ十分、スーツケースを引きずってシャルク家に向かった。玄関のベルを鳴らして待つと、今はシャルク未亡人が内側の玄関ドアを手前に引き、外側の網戸ドア越しに、

「来たのか……」

と、つぶやいた。五郎は一瞬、嫌な気がしたが、それでも「久しぶりです」と再会の挨拶をして、寄宿を申し出た。

「ノー。ここには住めない」

これからのシカゴ生活を暗示するような、重い返事だった。

この家の鍵を持つ人間が目の前に現れたのだ。そんな人間に対して、ストレートな拒否など考えられない。日本人なら、いや、まともな人間なら、こんな冷淡な拒否はしない。だから、「玄関の鍵を返してほしい」という言葉が未亡人の口から出たときには、返す言葉がなかった。

ホームステイの最後の日に鍵をくれたのは、いつ帰って来てもいい、自分の鍵で開けて入っていい、という意味ではなかったのか。それを忘れたのか。ああ、やはり、空威張りだったのか。押さえ込むような断言に負けて、五郎は鍵を差し出した。拒否の言葉、鍵の取り上げ、さらには家に入れてくれなかったこと。この三重の拒否によって、シャルク家の世話になれないことは、もはや明白だった。

未亡人はその日のうちに、日系人の経営するシカゴ仏教会に電話して、あるアパートを紹介してもらい、五郎に契約させた。そして、そのアパートに着くと、車のトランクから五郎のスーツケースを降ろした。そうした一連の行動を速やかに実行し、彼女は満足げに帰っていった。その夜、この日のことを、彼女の子どもたちにどう伝えたのか。子どもたちは、反対しなかったのか。反対してほしかったが、兄弟三人の誰からも、そのような声は聞こえなかった。

五郎を車に乗せてアパートに向かう途中、未亡人はこんなことを言った。夫のケネスが昨年急死した。よく晴れた五月のある日曜日、バックヤードの車庫兼道具小屋に、一日かけて新しくペンキを塗った。その夜は、疲れたと言って、早々にベッドに横たわった。翌朝、起きる時間になっても起きないので、見に行くと、夫はすでに冷たくなっていた。

だから家計が冷え込んできている、と未亡人は言った。しかしそれだけが、五郎をシャルク家に住まわせない理由ではなかった。後日知ったことだが、彼女には、誰にも言えないもう一つの理由があった。それは、再婚の可能性を残しておきたいという希望だった。実際、二年後には、恋愛対象の男性が現れ、交際がしばらく続いた。そのような状況になったら、五郎が家にいては困る。いや、もしかすると、すでにそれらしき男性がいたのかもしれなかった。

五郎が住むことになったアパートは、多くの日系人たちが住む地域にあり、アパートのオーナーは、日本語を話す日系の老夫婦だった。五郎は二階の西南の角部屋に入ることになった。朝食と夕飯付きの、当時一般的な日本式アパートだった。しかしそれは、「アメリカ人になる」ためにシカゴにやってきた五郎にとって、ありがたくない生活スタイルだった。

しかし、このアパートは、保守的な未亡人にとって、十分納得できるアパートだった。というのも、シカゴという大都市では、人種集団による住み分けがはっきりしていて、日本人は日系の住むところに住むのが当たり前だ、それがいいのだ、というのが未亡人の価値観だった。これは、彼女に限らず、古くからシカゴで生まれ育った人間が、普通に持つ価値観だった。人種集団による住み分けは、それぞれに住む人々に共通の感覚を持たせる。だから住みやすいはずだ、というわけだろう。

末娘のキャシーによると、未亡人はシカゴの保守層に属すだけでなく、政治的にも、ネイションワイドにきわめて保守的だという。一九六四（昭和三十九）年と一九六八（昭和四十三）年のアメリカの大統領選挙では、未亡人はいずれも共和党の候補者に投票した。一九六四（昭和三十九）年の選挙では、共和党のゴールド・ウォーター候補者は、戦争の続いていたベトナムに原子爆弾の投下を主張した人物だった。未亡人は、候補者の名前であるゴールド（金）とウォーター（水）を化学式で表したキャンペーンシンボルの、「$Au+H_2O$」を気に入り、記念として今も所有しているという。

## 六十年代のなごり

一九六十年代に起きた四つの事件は、シカゴの人々にとって、まだ過去のものではない。ここで簡単に振り返っておこう。

一つは、一九六三（昭和三十八）年十一月に起きた、第三十五代アメリカ合衆国大統領ジョン・F・ケネディの暗殺事件である。

中三になっていた五郎は、神宮外宮から御幸道路に入るあたりの、毎日新聞社の玄関横の掲示板に、大統領の暗殺を報じるテレグラフの文字が貼り出されているのを見た。八日市場町の英語塾から帰る途中だった。五郎は、これからどのような世界になっていくのかと不安を覚え、自転車を懸命に漕いで帰路についた。

アメリカは民主主義の最も発達した社会だと思っていたが、それは事実ではなく、アメリカ社会は、より発達した民主主義社会を目指す途上だった。この時期、五郎は、中学校が併合され、新たな交友関係や自身の社会性の欠如からくるストレスに悩まされていた。

一九六五（昭和四十）年二月には、黒人公民権運動の過激派マルコム・X、そして一九六八（昭和四十三）年四月には、黒人公民権運動の穏健派マーティン・ルーサー・キング・ジュニアが暗殺された。

アメリカ社会での過激な運動は、至る所で起きていた。ブラック・ムスリムのマルコム・Xやブラック・パンサーのS・カーマイケルなど、攻撃的な黒人解放指導者の主張は、黒人の間に深く浸透していた。

その七年後、五郎がイリノイ大学でトム・カーチマン教授の授業を受けていたときのことだ。五郎の隣の席にいた黒人の女子学生が、五郎の高一のときの数学放棄宣言のように、

「革命が起きたら、白人を殺す」

と宣言した。まるで、手元にピストルを所持し、今にも発射する勢いだったので、五郎はぞ

っとした。白人と黒人のコミュニケーションスタイルの違いについての授業だったこともあるが、徐々に、黒人の発言が許され、発言しても安全が保障され始めた時期だった。現在も活躍しているジェシー・ジャクソンは、シカゴでたいへん人気のある若い公民権活動家で、彼は黒人女性だけでなく、同年輩の白人女性にももてた。

一九六八（昭和四十三）年八月、民主党全国大会がシカゴで開催された。ダウンタウンのグランドパークで行われた集会では、警察と群衆が衝突し、双方にたくさんの負傷者を出し、暴動を企てた容疑で七人が起訴された。この七人は後に、シカゴセブンと呼ばれるようになった。五郎がシカゴでホームステイをした一九七〇（昭和四十五）年でも、人が集まると、この事件が話題になった。大学教授たちやジャーナリストたちも、テレビ番組で、この事件について熱く語った。シャルク未亡人はこの事件について触れたがらず、たまたまその話題が出ると、会話から逃げてしまった。

一九六九（昭和四十四）年、ウッドストック・フェスティバルが行われ、翌年に、同名のドキュメンタリー映画が作られた。五郎がアメリカで初めて見た映画である。このドキュメンタリーは、バーモント州で五郎たちに英語を教えたグリーン先生の推薦作品でもあり、同時代の若者によって、広く支持されていた。シカゴの人々がこのような社会的刺激を受けている最中に、五郎はシカゴに来たのだった。

生活体験協会がプログラム参加者にニューヨークで鑑賞させたのが、一九六四（昭和三十九）年に制作された『ハロー・ドーリー』というアメリカのミュージカルだった。これは十九世紀後半のニューヨークが舞台だったため、二つの映画は、現代と昔のアメリカを映し出していた。五郎にとって、その対比は強烈だった。五郎と同世代のアメリカ人は、五郎が『ハロー・ドーリー』を観たと言うと残念がったが、その後で『ウッドストック』も観たと言うと、「ナイス！」という反応をした。

## アパート暮らし

五郎が暮らすことになったアパートは、ウィルソン駅付近にあった。このあたりでは、しわだらけの上着を着た老人たちがふらふら歩くのをよく見かけた。そして、近くの雑貨店や薬局へ足を運ぶ下層の白人たち、いわゆるヒルベリーがたくさん住んでいた。

ある日のことだった。アパートからウィルソン駅に向かって歩いて行くと、三メートルくらい先を、半分に折れた二十ドル札が、風に吹かれて地面を這って行く。拾おうとすると、札はさらに先に飛んで行く。追いかけて行き、工事現場の囲いの角を曲がると、十三、四歳の二人の男の子が、薄笑いをして五郎を見ていた。二十ドル札を半分に折り、糸を付け、引っ張っていたのだった。ひどく腹が立ったが、札を見つけたときの自分の顔、心が現金に引っ張られていくときの自分の顔、自分のものにしようと追いかけたときの自分の顔、これらを見られたことの恥ずかしさに、ひどく落ち込んだ。このままではだめだと思った。

「五郎、お前は、ホームステイをした一昨年、シカゴの明るく裕福な面をいろいろ見て、さぞ楽しかったろう。しかし、日系はこのレベルがふさわしいのだ」

そんなシャルク未亡人の声が聞こえるようだった。この地域の光景は、それほど、かつて五郎の見たシカゴから掛け離れていた。

アパートのオーナーである夫は、きつい訛りの英語を話すが、妻はまったく英語が話せなかった。単に、アパート周辺に多くの日系人が住んでいるという理由だけで、この地域のアパートを勝手に決めた未亡人を、五郎は改めて恨んだ。

ただ、人種背景を基準にした未亡人の考えは間違いだ、と言い切れるだけの知識は、当時の五郎にはなかった。ただ、このままでは自分はだめになっていくと感じ、とにかくこの地域から逃げたいと強く思った。

五郎はただちに、ウィルソン駅から北へ四駅のブリン・マー駅付近のアパートへの引っ越しを決めた。引っ越し荷物は、日本から持ってきたスーツケース一個だった。そのスーツケースを見るにつけ、二年前のホームステイを思い出すが、あのときの甘い気分を必死に排除しようとした。その気分を認めることは、今回の努力が虚しいと認めることにつながる。といって、ホームステイから成長した自分を、まだこのシカゴで実感できないでいた。

シャルク家に寄宿できなかったことが原因で、エドやキャシーとの交友関係も切れ、リンダの義父であるシカゴ大学のハンス・モーゲンソウ大学教授とも、接触できないでいた。さらに、ホームステイで知り合った人々と再会し、人間関係のネットワークを作ろうという目論見も、おじゃんになった。ユダヤ系家族とは、連絡を取ろうと思えば取れたが、リロイ家のテレサを含め、誰とも連絡を取らなかったし、取ろうとも思わなかった。

五郎は、日本人としてのアイデンティティが強い。シカゴでは、それがそのまま、日系としての五郎のアイデンティティとなった。そして、自分は日系なのだという意識が強ければ強いほど、ホームステイ家族に近づくことは許されなかった。

## トレードセンターでのアルバイト

ところで、五郎の父、七郎は、召集令状が舞い込むと、衛生兵としてフィリピンへ渡った。そこで終戦になったが、帰還は翌、一九四六（昭和二十一）年だった。通りすがりの人が驚くほどのボロをまとって帰ってきたが、七郎は、戦場でのことを何も言わなかったし、家族の者も何も尋ねなかった。

その父からもらった百万円を持って、五郎は一九七二（昭和四十七）年に、本格的に渡米したのだった。シカゴの東京銀行で普通口座を作り、円をドルに換金したが、戦後の固定相場制がまだ続いていて、受け取ったのは、現金二千七百ドル少々だった。

クレジットカードが普及する前の時代に用いられていたのが、個人用小切手だった。五郎が作った個人用小切手は、そのデザインがアバンギャルドで、小切手かどうかを疑われ、シカゴの郊外では使えなかった。印刷されたその絵は、日本史初期の女性の肖像で、それを小切手に使用した東銀の感覚は、当時のシカゴの人々には前衛的すぎた。

ドルの価値は高く、クォータダラーと呼ぶコイン（二十五セント）がポケットに二個入っていれば、小金を持っている気になった。まして二十ドル札一枚でも持っていれば、気持ちはさらに大きくなった。ガソリンスタンドでは、レギュラーガソリン一ガロンが二十九セントから三十一セントだった。将来、一ガロンが一ドルになるなどとは、当時は思いもよらなかった。


当分働かないつもりでいたが、アパート暮らしを始めると、預金が見る見る減少した。まだ八月で、シカゴに着いて一か月しか経っていない。不安がつのり、五郎はアルバイトを探すことにした。探し始めると、すぐに求人情報が舞い込んだ。その頃はやりの世界貧乏旅行をしている、同じアパートに住む二十歳くらいの日本の若者が、ダウンタウンの日系企業の情報をアパートのオーナーに伝えた。それを五郎が洩れ聞いたのだった。耳に入れるだけで何もしない人間が多い中、五郎は行動に移した。五郎は運を引き寄せようと思った。さっそく募集しているオフィスに電話して、面接を受けたが、これが、五郎のこれからの七年間を決める第一歩となった。

求人募集の主は、日本政府の合同事務所にオフィスを持つ駐在員だった。同事務所には日本から来た駐在員が七人いて、それぞれがセクレタリーを雇っていた。アルバイトを募集した駐在員は、高校を卒業したばかりのローラという白人女性を一階のショウルームのアテンダントとして雇っていたが、もう一人、アルバイトを必要としていた。しかも、日本語と英語のできる者を求めていて、五郎にぴったりの条件だった。五郎に迷いはなかった。自分は十分にやれると確信した。

合同事務所はトレードセンターと呼ばれていて、シカゴ川沿いのワッカー・ドライブのワンブロック南、住所表記で230ノース・ミシガン・アヴェニュにあった。三十七階建てのビルディングで、外壁にはカーボン&カーバイドという名の入った、漆黒の大理石が使われていた。大きくはないが、歴史ある建物だった。シカゴ川を北に渡れば、マグニフィセント・マイルが始まり、近くには、シカゴ・サン・タイムズ新聞社やリグレーチューイングガムのビルディングがあった。

トレードセンターは七階のフロア全体を占めていて、募集した駐在員のオフィスは、玄関を入ってすぐ左にあり、オフィスのドアは開いていた。

「すみません」

「はい、誰？」

「アルバイトのことで来たのですが」

「あ、そう。掛けて。で、シカゴで何をしてるのかな」

「学生です」

「あ、そう。大学？」

「はい……メイフェア・カレッジです」

「どこにあるの？」

「ダウンタウンから三十分くらいです」

「あ、そうかね」

小さい身体から、鷹揚な言葉が次々に出た。高野仁というその人物は、仕事について五郎に一通り説明し、明日から来てくれと言った。これが、その後長くお付き合いが続く高野さんとの出会いだった。

ところで、イリノイ州シカゴ周辺には、私立のシカゴやノースウエスタンといった一流の大学から、ロヨーラやドゥ・ポール、ルーズベルトといったこの地域に有力な大学まで、多くの大学がある。その中で、五郎が通い始めたメイフェア・カレッジは、地元の学生だけが通う短大である。

五郎は、二年前に参加したホームステイ・プログラムで知り合った、その短大で教えているクルーソー教授を頼って、メイフェア・カレッジの学生になり、学生ビザを手に入れていた。高野さんは、そんな短大は聞いたこともないと、馬鹿にするのではなく、ちょっと困った顔をして、それはどこにあるのかと尋ねた。そして、メイフェア・カレッジを知らないことを、自分の落ち度でもあるかのようにふるまった。そんな高野さんの態度は、五郎に、通っている学校のランクの低さを一時でも忘れさせてくれた。人間的に見て、高野さんはランクが一つ上の人だった。

トレードセンターでアルバイトができるようになった五郎は、幸運だった。どの程度幸運だったかは、その後、次第に明らかになっていくのだが、この組織の「強さ」はそんじょそこらの強さではなかった。当時の通商産業省の外郭団体であり、彼らの名刺には「トレードコミッショナー」という表現が使われていた。いわゆる政府の長官、アメリカの野球に例えればMLBコミッショナーに当たり、泣く子も黙る立場である。この表現が許される政府組織は、ごく一部に限られる。

トレードセンターで働くようになって二か月が過ぎた頃、高野さんは五郎とランチを食べながら、「自分がアメリカに派遣されたのは、他の職員より遅かった」と話し始めた。五郎に伝えたいことがあるらしかった。

初めて海外派遣の話があったとき、高野さんは辞退したのだという。理由は、派遣先がアメリカではなかったからだ。高野さんは、自分の専門分野が世界一の国へ行きたかった。なぜなら、一番の国からは、何かを学ぶことができると考えていたからだった。投資の国アメリカを「一番の国」とみなし、そこからは必ず、何かが学べるという確信があった。派遣話の二順目が回ってきたのは、ずっと後だったが、それでもよかったと高野さんは言った。高野さんは、頑固な面も持ち合わせていた。

高野さんは、小柄な体の中に、すでに日本で学んだことがぎっしり詰まっているような人物だった。アルバイトの経験があるだけで、組織の中の人間関係や経済について知識も経験もゼロだった五郎は、この人物から、働くことの基本的な考え方を学んだ。

たとえお金を払って依頼した仕事であっても、七割の出来栄えであればよしとすべきだ、という金言ももらった。相手に十割の出来を期待するのではなく、七割満足できれば、依頼した側として満足せよという教えだった。

## 新生活の場

五郎は新たな活動を、少しずつ始めた。まず、ホームステイで出会った人々のいない地域に、引っ越すことにした。今度のアパートは、シカゴ北部のブリン・マー駅の近くにあった。十階建てのビルの五階にあり、家具付きワンベッドルームで、家賃は月百五十ドルと安かった。敷金、礼金、仲介手数料といった支払いはなく、家賃のみだったので、引っ越しは東京より気軽だった。建物は古く、部屋の壁もカーペットもすべて古い。沁み込んだタバコの臭いが鼻をつくが、周りに住んでいる人々は比較的若く、人種背景も多様で、五郎の気持ちはハレだった。

一昨年隣の高層アパートに住む三十代の日本人女性が、窓から落ちて死んだという話を、同じアパートに住むパキスタン人から聞いた。その女性は、料理人の夫が日本料理店で働いている昼日中、強盗に入られ、強姦され、窓から突き落とされたのだった。彼女の夫は、職場の友人の力を借りて警察に訴えた。彼が妻のためにやれたのは、そこまでだった。警察からも、アパートの管理人からも、また近所の人からも、何の反応もなかった。この結果を妻の実家に知らせたとき、夫は泣いた。夫は、ロサンゼルスの日本料理店に職を求め、引っ越していった。やがて、二人のことは、シカゴに住む日本人たちにも忘れられた。

仕事に慣れた頃、トレードセンターの正面玄関を出て、すぐ右折し、半ブロック先にあった中華料理店で、高野さんとランチを食べた。その店では、もはや白衣とは言えない汚れた白衣を着た、背の低い老齢の中国人男性が、荒い英語で接客していた。五郎は、自分の英語も、あのような荒い癖のある英語として、アメリカ人に聞こえているに違いない、と情けない気持ちになった。

チャプスイという米国生まれの中国風肉野菜炒めが、シカゴの中華好きの人々の間で、人気ナンバーワンだった。チャプスイはおいしかったが、「アメリカに住んでいるのだからアメリカ食を食え」と誰かに言われているようで、五郎も高野さんも、うまいとは思っても、それを口に出すことはなかった。

アパートでは、五郎は夕飯として、安いステーキ肉とマッシュポテトをよく食べたが、それを準備するのも面倒になり、その頃テレビでよく宣伝されていた「ＴＶディナー」で済ませることが多くなった。それは、台所のオーブンでチンするだけで食べることのできる、前菜、メインディシュ、デザートを一つのトレーに乗せた、フローズンフードだった。テレビを見ながら食べる独り者には、この五、六ドルのフローズンフードが頼もしい夕飯だった。五郎はその気軽さが気に入って、「ＴＶディナー」を食べるだけのプラスチック製のイスとテーブルをあつらえた。

五郎は、ブリン・マー駅付近のアパートに住み、ダウンタウンのトレードセンターまで電車に乗り、半日仕事をして帰宅するという生活を続けた。一九七二（昭和四十七）年の夏だった。

## シカゴでの見本市

九月一日から一週間の予定で、兵庫県三木市の企業を中心に、日本企業十社が「ホームとハードウエア」という見本市に参加することになった。会場は、北米最大のコンベンションセンターである、シカゴのマコーミック・プレイスである。日本企業とアメリカの輸入業者の仲立ちをするのが、トレードセンターの目的の一つであり、それを高野さんが担当し、現場の実務を五郎が担当する。

日本からの出品企業には、遠く離れた豪華なホテルではなく、会場近くのエグゼクティブ・ホテルを勧めた。そのホテルは、トレードセンターの向かい側にあり、何かあれば、五郎がすぐホテルに駆けつけることができる。アメリカに初めて来た人たちとの電話連絡は、だいたいうまくいかない。ホテルの部屋に本人がいないときは、ホテルの受付に伝言を残すことになるが、英語が話せない、聞き取れない出品者には、このサービスが使えない。伝言が残せなければ、電話をかける意味がない。それなら直接、出向いてしまったほうが早いというわけである。この時代、携帯電話はまだなかった。

ブースの設営と解体、展示物の搬入と搬出、問題が起きた際の保険書類の作成と提出。五郎はそれらすべての作業に立ち会った。アメリカは業種別に、組合員の権利を保護する組合が作られていて、五郎と出品者は自ら作業することが許されず、作業をするアメリカ人を見ているだけだった。五郎は、シカゴで大工をしているポーランドからの移民の四十代男性から、ステンレス製のかなり重い巻尺をプレゼントされた。それをズボンのベルトにかけ、いつぱしの職人のような顔をして、毎日朝九時から夕方五時まで、見本市の期間中、参加企業のブースを見て回った。

ブースの展示物を仕舞い終え、マコーミック・プレイスの展示場から出口に向かって歩いていると、突然、後ろから突き飛ばされ、ブースの囲いに体をぶつけた。振り向くと、一メートル七十センチくらいの痩せた、ラテン系の男が、「ファキングーク」と言いながら、五郎に向かってきたのだった。わけがわからなかったが、明らかに人を馬鹿にした言葉と行動だった。

相手を突き飛ばすのは、喧嘩の始まりだから、次は殴り合いになる。そうなったら、相手の目を狙って眉間に拳を当てる、しかし、相手がナイフを持っているのがわかったら、走って逃げる。五郎は先輩から、そう教わったことがある。

空手では、攻撃をするときも、攻撃されるときも、とにかく構える。五郎がこの構えをすると、ラテン系の男は驚き、手、腕、肩が連動して震え始めた。目の前で震えている人間を、五郎は初めて見た。この男は、空手の映画を見たことがあるに違いなかったが、ブルース・リーの武術と、かじった程度の五郎の空手との違いを、見分けることができなかった。殺されると思ったのかどうか、その男はすごい勢いで逃げていった。

アジア人は嫌いだからいじめてやる。大きな集団が小さな集団をいじめるのは当たり前で、小さな集団はさらに小さな集団をいじめる。だから、ラテン系の男はアジア系をいじめる。これがシカゴ社会の現実だった。

シカゴに住む関口という老齢の男性は、日本からやって来る若者に、しばしば住むところとアルバイト先の情報を提供した。運がよければ、この情報によってシカゴで住み始める若者もいた。五郎が関口さんと知り合って二年が過ぎた頃、互いに自分で作ったサンドイッチを持ち寄って、ダウンタウンの公園でのランチになった。そのとき、関口さんはこんな話をした。

自分は川島侑という日本の俳優の弟であり、日本から船でサンフランシスコに着き、そしてシカゴにたどり着いた。その間、食うことにたいへん苦労した。そんな経験をしているので、アメリカに着いたばかりの青年には、自分のできることは何でもしてあげたいのだ——。

その話を聞いて五郎は驚いたが、平静を装った。異国の地に住んでいると、知る人もいないので、物事を大げさに言ったり、嘘をついたりすることがよくある。関口さんの言うことをすべて信じたわけではないが、昔のことはいざ知らず、関口さんがシカゴでやっていることは、なかなか真似できないことだと思った。

関口さんは、日本企業によって組織された商工会議所で働き、現地の黒人女性とシカゴ市南部に住んでいた。その地区では、窃盗はもちろん、殺人も日常茶飯事だった。その頃のシカゴ市では、毎日三人が、銃によって命を落としていた。

ある日、関口さんが、ＣＴＡの南北線の最寄り駅に向かって歩いていると、若い黒人に財布をかつあげされた。その若い黒人は、通勤の行き帰りによく顔を合わせる人物だった。そんな人間に襲われたのだから、大いにショックだったと、関口さんは打ち明けた。たとえ顔見知りであっても、相手が弱いとわかれば攻撃する。シカゴ市南部に、リッチな日本人ビジネスマンが住むわけなどないのだが、当時は「日本人は金持ち」というイメージがあり、それを安易に信じた結果、黒人は関口さんを襲ったのだった。

アメリカの大都市の暴力沙汰は、人種対立が背景にあり、若者の集団が敵対する中で起きる。映画『ウエスト・サイド物語』は、五十年代のニューヨーク・マンハッタンのウエスト・サイドが舞台で、ポーランド系と、当時アメリカに多数住み始めたプエルトリコ系の非行少年グループの対立を描いている。七十年代の大都市シカゴも、人種集団による暴力という社会問題が常にあった。

一九七〇（昭和四十五）年のシカゴの人種集団は、多数派の白人に、アイルランド系、ドイツ系、ポーランド系が続き、少数派の中には、アフリカ系、プエルトリコ系などを含めたヒスパニック系がいた。日系は、シカゴ全体のわずか一パーセントを占めるアジア系の中の、さらに少ない人種集団である。

## 高野さん流の接待

シカゴ滞在中の三木市の出品者たちは、見本市が開かれている昼間でも、めいめい勝手に外出する。その目的の一つが、ポルノ映画の鑑賞だった。この頃の日米の露出度の差は圧倒的で、アメリカに来た日本人の相当数が、相当の時間をポルノ鑑賞に充てたはずである。

毎夜のディナーとその後の接待も、日本人たちは皆、楽しみにしていた。高野さんも心得たもので、初日にはオールドタウンの「亀八」に案内し、東京に比べても遜色ない寿司を食してもらった。二日目は、トレードセンターの所長によるレセプションで、ホテルでふんだんに接待した。レセプションの後、高野さんは皆を「ガスライトクラブ」へ案内した。会員制のクラブだったので、会員でない高野さんは、同僚からクラブの会員証を借りていた。

シカゴには大きな社交クラブが二つあった。一つは、ダウンタウンの一〇〇〇北、ミシガン湖から西へ三ブロックのところにある、日本にもよく知られたヒュー・ヘフナー氏の「プレイボーイクラブ」であり、もう一つが、二日目に高野さんが案内する「ガスライトクラブ」だった。ここの女性たちは総じて控えめで、多くは年増だった。どちらのクラブでも、バニーガールに冗談くらい言ってもよかったが、それ以上のことはできなかった。

出品者たちは英語ができない。バニーガールを眺めているだけである。それでは物足りない、と察した高野さんは、ほんの三か月前にシカゴに来た五郎に助けを求めた。「それでは」

と、五郎は、女性がステージでダンスをしている西部風の酒場へ、出品者たちを案内した。

十人もの日本人男性が連れ立って、西部風の酒場の中をぞろぞろ歩く。その様は目立った。プライベートな時間や場所にまで日本人は集団で来るのかと、野次を浴びながら、五郎はまじめに役割を果たした。しかし、考えるまでもなく、「集団主義的だ」と馬鹿にされている日本人の、その先頭に自分が立っているのだった。それは悲劇だった。「自分の集団主義を取っ払い、個人主義者になるためにアメリカに来たのに」と、五郎は落胆した。

別のナイトクラブが、オヘヤ国際空港の北にあたるアーリントンハイツにあった。八人のストリッパーたちは、二十代の白人女性で、スタイルがよく、そこを訪れた出品者十人は驚き、二十の目玉で、食い入るように見つめた。ステージの女性は、最後に布きれを取り、全裸になった。茶色の茂み、つまりビーバーが見える、というのが最後のパフォーマンスで、そこから先のどぎついヌードダンスはなかった。

それ以上の刺激を求めるなら、会員制のクラブということになる。それも、もう少し女性と遊べる店、例えば一ドル札を踊っている女性の下着に挟もうとして、接近させたり、しゃがませたりして女性の動きを誘導する、そんな遊びをする店である。さらにその次は、売春婦による接待となるが、「食事まで」というのが高野さんの線引きで、それはそれで、五郎は高野さんを尊敬した。

過激な接待は、さすがに五郎の手には負えず、片山氏の協力を得た。片山氏は運送業を展開する日本企業の支店長として、シカゴに三年駐在していた。彼は、日本からの訪問者のために、プロフェッショナルとアマチュアの両方の女性を用意していた。プロの女性たちは、シカゴのダウンタウンのステイトストリートの一つ西、ディアボーンストリートに面した、古びた三十階建てのホテルの四階の部屋で暮らしていて、ロビーにいるベルパーソンから電話で客を回してもらっていた。そうした女性がいることは、そのホテルに勤めている人間だけでなく、片山氏のように、数年シカゴに滞在し、日本からの訪問者を接待するビジネスマンは皆、知っていた。

ホテルに入って、黒人のベルパーソンに、日本語訛りの英語で、

「女性はいるか?」

と言えば、その黒人は、片山氏の用件を理解する。それだけ、日本人の利用客が多いのだ。

「ブラック、オア、ホワイト?」

と問われ、

「ホワイト」

と答えると、白人女性のいる部屋番号を渡される。

黒人女性に性的魅力を感じれば、ブラックと答えるが、日本からの訪問者で、黒人を指名する人はいなかったという。

訪問者は、エレベーターを降りて、部屋を探す。そして、見つけた部屋のドアをノックする。すると二十代の白人っぽい女性が顔を出す。その女性はふつう、南米との間にルートがあり、稼ぎはよくないが、まずシカゴで商売を始め、アメリカの大都市についての知識を得て移動する。あるいは、もっと割りのいいビップ相手の店に移る。片山氏は、訪問者が終わって戻ってくるのをロビーで待つ。

上客の訪問者のためには、片山氏は女子大生を利用した。その学生はかつて片山氏のオフィスでアルバイトをしていた、ロクサンという白人女性だった。日本人ビジネスマンがいるホテルの部屋を、ロクサンにノックさせる手順にしていた。バスタブに湯を張って、ロクサンの来るのを待っていた老齢の日本人がいたと、片山氏は誰彼なしに話した。ロクサンがおもしろがって、片山氏に話したのだという。祖父くらいの男性を相手に、ロクサンはまじめに相手をしたらしい。

アルバイト感覚で売春をしているロクサンとは違い、片山氏はもう一人、三十歳くらいのセミプロの女性を用意していた。どういう基準かわからないが、常に、片山氏にとって好ましくない日本人にこの女性を割り当てた。次の日の朝、その客は、決まってしょんぼりとした顔で、皆の前に現れる。理由は誰もがわかっていた。その女性は「太平洋」だったのだ。どの方向に突いても先が当たらず、そのうちに嫌になり、かすかに片側に触れたとたん発射してしまったという。

心身ともに打ちひしがれている客に、
「どうでしたか」
と聞く片山氏は、実に意地が悪い。

## 二人の日本人女性

〈アン〉

アンはトレードセンターに勤める、背丈一メートル五十五センチの、色白の日系三世だった。祖父母の古風さを受け継いでいて、見た目は、明治の日本人女性、もっと言えば、浮世絵の女性だった。職場では、アンちゃんと呼ばれていた。「アン」に「ちゃん」をつければ、かわいらしい呼び名になる。一方、「あんちゃん」は、ガラの悪い若造の意味だ。だから「アンちゃん」と紹介されれば、ほとんどの日本人は、かわいらしさとガラの悪さの両方の印象を持つことになる。むろん、彼女を一目見れば、かわいらしさが先に立つ。「アンちゃん」は、自分の子ども、あるいは恋人だったらいいなあと、駐在員たちが彼女につけた愛称だった。

五郎はアンを伴って、ダウンタウンの南部にあるフィールド・ミュージアムの特別展を見に行った、最初のデートで、アンは楽しそうだった。シカゴ市南部にある自然史博物館は、恐竜やマンモスなどを展示していて、家族連れや若い人たちで賑わっていた。近くには、昔、日本の皇太子が贈った「こいのぼり」が、三月下旬になると高く掲げられる、シェッド水族館やアドラー・プラネタリウム天文学博物館があり、若者のデートコースになっている。そのコースを歩き終えた後、二人はミシガン・アベニュで夕食を食べた。アンを家まで送り、別れ際、軽くキスをした。嬉しそうに家に入るアンの姿を見て、五郎は安堵した。

アンは、ブリン・マー駅付近の五郎のアパートに遊びに来るようになった。遅くなった日には泊まっていくようになったが、男女の関係にはならなかった。五郎は不満だったが、無理に関係を迫ることはしなかった。自然に、その関係になると思っていた。ある祝日の前夜、遊びに来ていたアンに、アルバイト先のローラからもらったマリファナを吸うかと聞くと、アンはきっぱりと「ＮＯ」と答えた。

古風なアンは、スーパーマーケットで買い物をするとき、自分の好みを遠慮気味に言った。それは日系の持つ控えめの自己主張なのかもしれないが、五郎にしてみれば、自己主張をしないのは、責任回避のように思えた。あるとき、アンは五郎に、交際している男性がいると告白した。彼女によれば、その男性とは、すでに三年間、壊れたり修復したりの男女関係にあり、先が見えないという。そのことを告白した以上、アンはすでに五郎との関係をはるかに重視しているのではないかと、五郎は勝手に解釈した。

娘の結婚相手として、日系の親に評判のいいのは日本人が一番、日系の男性が二番、白人が三番であると、五郎は聞いたことがある。アンと結婚し、シカゴに生きる日系一世になり、市内で働き、アップタウンに住むのはどうか。そして、死んだら、東京ローズと呼ばれたアイバ・戸栗・ダキノをはじめとし、多くの日系人が眠っているモントローズ墓地に埋葬される。五郎はそれで本望だと思った。戦後、日系人の埋葬を唯一受け入れてくれたのが、このモントローズ墓地だった、そこは、日系人にとって特別な墓地なのである。

〈あき子〉

あき子は、中学生の頃から、アメリカでの学校生活を夢見ていた。日本の高校を終えると、カンザス州ローレンスの大学に併設されている英語学校を選んだ。入学手続きを日本の業者に依頼したので、横浜育ちのあき子は、ローレンスがどれほどの田舎であるか、まったく知らなかった。

トレードセンターに勤めている、シカゴ生まれのローラが結婚することになり、その相手がローレンス出身の男性だった。ローレンスに住むことになったことを知った彼女の女友達が、冗談半分に、「あなたはローレンスで生活していけるかなあ」と、彼女をからかった。それを見た五郎は、このとき初めて、シカゴとローレンスでは大きな差があることを知った。

あき子はローレンスで英語の勉強に精を出していたが、そのうち生来の怠け癖が出るようになり、生活もゆるんできた。日本にいる母からの仕送りや、売却目的で送ってもらう日本製腕時計では、生活費が足りない。そこで学校のカフェテリアで働くようになったが、日本の友達に、「アメリカでの生活をエンジョイしている」と言えないほど、情けない状態にあった。

そんな日々に嫌気がさしたとき、あき子はなんと、ヌードダンサーとしてのアルバイトを始めた。さらに、より稼ぎのいいストリッパーになった。高校生の頃、あき子は元カレにスタイルがいいと言われ、自分でもそう思っていた。「裸体を見せることになるが、それだけで稼げるのなら、もうけものだと思った」と後日、あき子は五郎に語った。

あき子の入ったヌードシアターは、結構大きな店で、客のほとんどは、白人の中年男性だった。店の中央にステージがあり、女性はダンスをしながらヒップを上げ、背後から陰部が見えるようにする。一ドル札をステージに置いた客の前にしゃがみ、他の人には見えないようにサービスをする。さらにドル札を置いてくれたら、陰部をつまむ、引っ張るなどもした。必ずしも裸体を見せなくてもよく、そこではどのダンサーも、一定の金が稼げるようになっていたが、日本人のあき子は、同時期に店で働いていた白人の女子大生には、稼ぎの点で足元にも及ばなかった。顔、肌の色、スタイル、ヒップの盛り上がり方、どれをとっても勝ち目はなかった。

そこは、白人男性中心の世界だった。日本人が出かけて行って、ダンサーに「もっとヒップを上げろ」と声をかければ、後ろの白人たちから、「お前は黙れ!」と絡む声が飛んでくる。要するに、白人中心の場で白人のようにふるまえば、必ずへこまされる、そんな世界だった。そのような白人に出会ったら、黙るか、その場を去るか、選択肢は二つしかない。もちろん、腕に自信があれば、喧嘩をする手もある。

シカゴのダウンタウン北部のミシガン湖寄りの端、九〇〇北のラッシュ・ストリート、つまりシカゴ川からまっすぐ北に伸びるラッシュ・ストリートがシカゴアベニュから左斜めになるあたり。この地域は、六十年代、七十年代には、酒場やヌード劇場、ポルノショップなどが集まっていて、多くの怪しげな大人と冒険を求める若者が、毎晩たむろしていた。夜ごと、典型的なモブファッションの若者たちが暗躍した。女性たちは、南米やアメリカの他州から送られてきて、そのルートが確立していた。あき子はその後、そんな地域にある、立ち飲み屋風の店に移った。五郎はここで、初めてあき子に出会ったのだった。

胸元の高さまであるテーブルが八脚、置かれている。注文したビアかハードリカーを女性が運んできて、短い時間、客と会話をする。その結果、二人が合意すると、奥のドアを開けて入り、さらにその奥の狭いシングルベッド一つの部屋へ行って、セックスをする。酒場というのは見せかけで、本業は売春だった。あくまでも客と女性との合意、という建前で、店は関わらない形になっていた。二十三歳のあき子には、滞米五年でここまで落ちるのか、と振り返る余裕はなかった。

あき子が、店に来ていた五郎に声をかけた。

「あなた、日本人でしょ?」

「……」

「ここがどういうところか、わかってる? あなた、大学生?」

「いや」

「シカゴでは、遊んだ?」

「……」

「ねえ、私としない? 安くしておくから」

五郎は、返事をせず、グラスを飲み干して店を出た。あき子に、特別な感情はわかなかった。


そんな出会いがあって、しばらくしたとき、「シカゴ仏教会に助けを求めに来た日本人女性がいる」と、ウィルソン駅周辺でアパートを経営するあの日本人夫婦から電話があり、五郎は出かけて行った。日本人女性は、あき子だった。

あき子の心は、荒廃の中にあった。埋もれてしまうことから彼女を救っているのは、彼女の学生ビザだった。ストリッパーをしようが、売春をしようが、彼女が辛うじて死守し、シカゴでもキープしているのが学生ビザだった。授業を欠席する、宿題を提出しない、試験では落第点を取る。その結果、F評価（落第評価）が下り、科目を落とす。すると、単位が取れなくなり、それが続くと、学生ビザの更新ができなくなる。学生ビザが切れたままにしていれば、やがて移民局の知るところとなり、国外追放になる。そうなると、数年間はアメリカに戻れない。

学生ビザは、あき子を日本の親に繋げてもいた。これがなければ、自分の娘がどこに飛んでいったか、わからなくなる。ストリッパーとして働き、疲れきって翌日の授業を休む。そのような日が続くことがあっても、学期の最終週に一回試験を受け、たとえ悪い点を取っても、次の学期の科目を登録し、授業料を払う。そうしておけば、あき子に何かあったとき、学校が日本の親に連絡することができる。学生としての登録は、自動的に保険への加入も意味するから、何かあったとき、医療を受けることもできる。それが出産費用であっても、カバーされるのである。

# 4　イリノイ大学シカゴ校

## 留学生アドバイザーのカースティーン

シカゴに住み始めた七月は、アメリカに長期滞在することを第一に考えていたので、どこの学校の学生ビザでもよかった。そこでクルーソー教授を頼り、観光ビザから学生ビザに切り替えるために、メイフェア・カレッジという短大に籍を置いた。そのことは、すでに述べたが、履修科目の登録のためにそのキャンパスに行くと、五郎は早くもうんざりしてしまった。

五郎を見て、からかう学生が何人もいた。両脇に女の子をはべらせて、

「ちょっとこっちに来い。お前に名前をつけてやるから」

と、いきなり声をかけてきた学生もいた。明らかに、少数派の者に対する、上から目線の態度である。さらに、ボス気取りの学生がいるなど、全体的に、きわめて子どもっぽい雰

囲気だった。

そのような中で、二十四歳の自分がもう一度勉強することが嫌になり、目の前がどんよりした。安直な決め方をしてしまったことを悔やみ、もう少しマシな学校はないかと考え始めた。そこで見つけたのが、イリノイ大学のシカゴキャンパス（ＵＩＣ）だった。イリノイ大学は州立の大学で、日本にもよく知られていた。

イリノイ大学シカゴキャンパスは、シカゴのダウンタウンから少し西にある。五郎は、アパートを出て、ブリン・マー駅からＣＴＡに乗り、モンロー駅でブルーラインに乗り換え、大学の最寄り駅であるＵＩＣハルステッド駅で下車した。この駅は、キャンパスの北の端にあり、学生たちはここから、徒歩で教室の建物や図書館へ向かう。

入学試験を受けるために、五郎がアドミッションオフィスの建物に行くと、

「あなたは留学生だから、留学生オフィスへ行きなさい」

と指示され、そこからキャンパス中央の、最も高い建物の一階にあるユニバーシティホールに向かった。

留学生には三つの審査がある、と受付の黒人女性は、五郎を含め、緊張して待っている留学生らしき数人を前に話し始めた。自分は教育レベルの高い人間だといわんばかりの、また、私の言っていることがわかるか、と人を小馬鹿にしたような、高慢な態度に見えた。発音も

抑揚もまったくなまっていて、真摯に対応しているとは思えなかった。

三つの審査とは、英語試験、学部の成績、そして指導教授による推薦状だという。また、入学試験は秋学期だけでなく、いつでも受けることができるという。アメリカの大学は、すでに学生本位になっていた。

学部の成績表と三人の先生の推薦状は、日本から持参した。五郎の学部の成績は平均点以上だったが、この頃、日本はまだ点数評価をしておらず、優、良、可、不可の四段階評価だった。この日本の評価方法は、日本人学生の五郎に有利に働いた。推薦状は、評価の甘い先生たちに依頼したので、辛い評価をしているはずはなく、合否を決めるのは、イリノイ大学の英語試験の結果次第だった。


十一月二日、火曜日、午前九時から五十分間、英語試験を受けた。イリノイ大学の英語試験は、トーフル試験というよりは、百点満点のミシガン・テストに似ていた。試験を終え、廊下に並べられているイスに腰掛けていると、ヒルマンという三十代半ばの白人男性に呼ばれ、オフィスに入るように促された。アドバイザー・ヒルマンという名札の置かれた机の前に腰掛けると、彼は、

「あなたの得点は六十四点でした。不合格です。合格は八十点以上です」

と、ストレートに、機械的に言った。五郎は体が固まり、すぐには動けなかった。しかし、

そのままそこにいるわけにもいかない。立ち上がり、オフィスから出ようとすると、ヒルマンのオフィスの外、つまり、廊下側から、

「私のオフィスに来なさい」

という女性の声がした。四十歳くらいの白人女性だった。五郎は彼女に従ってオフィスに入り、イスに腰掛けた。彼女の大きな机の上には、アドバイザー・カースティーンというネームプレートが置かれていた。

あなたの現在のビザは何か、あなたは学部を卒業しているのか、専攻は何だったのか、と彼女は矢継ぎ早に尋ねた。五郎は、

「自分のビザはF-1で、現在シカゴ市内の短大に在籍しているが、日本で学部を卒業している、学科は英文科です」

と答えた。すると彼女は、

「それを証明する書類は、大学院の受付に提出した、これですね。わかりました。それでは入学を許可します。英語科目を一科目、専門科目を二科目、登録しなさい」

と、きっぱりと言った。

アドバイザー・ヒルマンの冷たい「不合格」の言い渡しにショックを受けた直後の、アドバイザー・カースティーンの不意の「合格」許可だった。五郎は戸惑い、彼女の言葉を、頭

の中で反芻した。そもそも、このアドバイザー・カースティーンは、五郎の今回の英語試験の結果と、提出した学部の成績書類を、いつ、どのようにして知ったのか。合格か不合格かは、誰がどのようにして決めるのか。根本的な疑問が残ったが、今はそのようなことを考えているときではない。

要するに、五郎の「合格」には、入学の厳しさよりも、卒業の厳しさを重視するという、学校の考え方が反映されていた。これは、ヒルマンとカースティーンの考え方の違いでもあった。

「英語の点数の足りない分をカバーするために、英語科目を一科目履修して、英語力を上げなさい。それと、あなたの日本の大学での専攻は英文学ですが、イリノイ大学ではスピーチを専攻して学部を卒業し、その後、大学院に入学したいということですね。その理解で、正しいですか」

「はい、正しいです」

と、五郎が答えると、アドバイザー・カースティーンの顔は少し綻び、

「それなら、イリノイ大学が学部卒業を認めるためには、専門領域の主要科目を二科目履修する必要があります。詳しいことは、専門領域のアドバイザーに相談しなさい。それが終わってから大学院への入学になります。六か月後です」

彼女はさらに、
「スピーチ学科は、この建物を出て裏正面右の細長い建物です。あなたの所属はスピーチ・アンド・シアター学部ですが、スペシャル・スチューデントと呼ばれます」
と補足した。スペシャル・スチューデントとは何か、と問う余裕は、五郎にはなかった。

こうして、一九七三（昭和四十八）年の春学期に、五郎はイリノイ大学に入学し、今後の目的は定まった。授業は、一月の第一週に始まった。この時期に何人が入学したのか、まったくわからないまま、五郎のイリノイ大での生活はスタートした。

五郎は当時、アドバイザー・カースティーンに、特に感謝する気持ちはなかった。五郎の教育背景について判断し、大学の方針に従って入学させた。その立場の人間として、当然のことをしただけだと思っていた。しかし、このイリノイ大学への入学は、その後の五郎に大きな変化をもたらした。それに気づいたとき、アドバイザー・カースティーンに心から感謝し、その感謝の念は、時間が経つにつれて高まった。

経済的にシカゴの生活が安定したのは、五郎にアルバイトを与え続けた高野さんの存在だった。カースティーンと高野さんの二人がシカゴにいなければ、また、二人が五郎を受け入れてくれなかったら、イリノイ大学での教授たちとの出会いもなかったし、その後のミネソタ大学での学問研究もなかっただろう。この時期は、五郎にとって、エポックメイキングな時期だった。

ある日、シャルク未亡人から電話が入った。未亡人とは、日系人の所有するアパートを紹介してもらって以来、半年間、連絡を取っていない。未亡人が五郎のアパートに電話をすると、すでに引っ越した後だという。そこでシカゴ仏教会に問い合わせ、引っ越し先のアパートのオーナーの電話番号を確認し、ブリン・マー駅付近のアパートにいる五郎に電話をかけてきたのだった。彼女は、メイフェア・カレッジの入学に尽力してくれたクルーソー教授から、電話で、「五郎が授業に出ていない、どうしているか、知っているか」と尋ねられたという。「クルーソーさんが心配している」と、彼女は五郎に言った。

久しぶりの会話だった。五郎は電話口で、留学生として生きていくことの難しさを、シャルク未亡人に語った。生活費を稼がなければならないこと、授業料の支払いが大きいこと。そんな話をした後、五郎は未亡人から思わぬ提案を受けた。

私と養子縁組をするのはどうか。そうすれば、五郎の授業料は娘のキャシーと同じになる。留学生ではなく、イリノイ州に税金を払っている親を持つ子となり、支払う授業料は一学期百ドル～二百ドル程度で済む。留学生として納める五分の一くらいだから、もうその捻出に悩むことはなくなるだろう。白人の子も黒人の子も、親が州に税金を納めていて、高校である程度の成績を修めていれば、イリノイ大学に入学し、学生としてやっていけるのだという。

五郎にとって、この提案は魅力的だった。

## 論証学の授業

イリノイ大学シカゴキャンパスは、五郎が入学した頃、シカゴ・サークルと呼ばれていて、現在UIC（イリノイ大学シカゴ校）と呼ばれるのに比べ、その響きに軽さがあった。

キャンパスの西側を走るインターチェンジを上から見ると、近代的なハイウェイが複雑なサークル状になっているのがわかる。つまり、ハイウェイを北から南に向かって走っていて右に折れるには、いったん左の方向に輪を描いて走り、それからまっすぐに西に向かって走る。元々走っていた方向から言えば、右に折れるのである。ここに輪ができる、このサークルがUICの愛称になったのだろう。六十年代のことである、時代を先取りした、先端を行くイメージがあった。

シカゴ・サークルのスピーチ＆シアター学部は、スピーチ学科とシアター学科の二つの学科で構成されていた。スピーチとシアターは一見、関係がなさそうだが、パフォーマンスという観点からは、両者は近いのである。

スピーチ学科のカリキュラムは、伝統的な教育に基づく科目と、新しい教育に基づく科目で編成されていた。

伝統的な教育とは、紀元前四、五世紀、古代ギリシャのプラトンとその弟子アリストテレスによって構築された修辞学で、カリキュラムには、修辞学、論証学、実践の演説法、ディスカッション、ディベートといった科目が並べられていた。この教育は、明治の日本に伝わった修辞学の教育そのもので、福沢諭吉が「スピーチ」という英語を「演説」と訳したそうである。

もう一つの教育は、六十年代にアメリカで始まったコミュニケーションという新しい見方で、当然、カリキュラムはその見方に基づく科目で編成されていた。そこでは、教育・研究の対象が言葉のやりとりだけでなく、言葉以外のすべての現象、例えば、顔の表情やジェスチャー、考え方や価値観までもが対象になった。

それまで重視されていなかった「非言語」が、このときから科学的に研究・教育されるようになった。アメリカの六十年代の非言語の研究は、このような機運を背景に、猛烈な勢いで進められた。その結果、バードウィステルによる非言語の辞書の完成、マレービアンによるサイレントのメッセージに関する公式、モリスによる人間観察学やジェスチャーの研究などが、矢継ぎ早に発表された。

伝統的な教育をスピーチ教育、これからの教育をミュニケーション教育と呼んだ。幸いにも、五郎はこの転換期にアメリカにいたので、イリノイ大学で両方の教育を受けることができた。スピーチ教育の論証学という科目、これは学部の必修科目なので、大学院に進むすべての学生が履修しなければならない。古代ギリシャの論証学の歴史や理論についてまず学び、その後、現在のアメリカ社会の生活に直結するスピーチやディスカッションの能力を身につける、というわけだ。

論証学を教える先生は三十代前半の白人女性で、名をサリバンといった。インディアナ大学のオウア教授の下で学位を取得し、昨年、シカゴ・サークルで助教授のポジションを得た。若くて経験が浅い。それだけに基本に忠実で、授業は厳しかった。

火曜と木曜の週二回、午前十時に始まる五十分間の授業だった。三週間が経過し、四週目からは実習となった。リードという黒人の男子学生が検察側、そして五郎が弁護側になって、有罪か無罪か、論証による裁判を行った。これが実践能力の育成方法で、この方法こそ、サリバン先生自らもインディアナ大学で受けた訓練だった。

サリバン先生は、殺人事件をテーマに取り上げるように、と二人にアドバイスした。殺人事件は、毎年千人近くも殺害されていたシカゴの住民にとっては身近な事件だったが、日本で育った五郎には、そのような日常は想像を超えていた。

「昔に起きた殺人事件にしてもらって、いいですか」

「理由は?」

「最近の事件だと、結果が有罪であったか無罪であったか、知られていることも考えられます。仮に討論の相手がシカゴで生まれ育った人であれば、当然有利になります。私は去年、日本からシカゴに来たばかりです。だから、論争を始める前にハンデをつけるのは、やめてほしい」

サリバン先生は同意し、昔の殺人事件を取り上げるように、二人に提案した。五郎は、裁判記録を調べれば勝てるかもしれないと思い、キャンパス中央にある図書館へ急いだ。

一週間後、リードと五郎は、シカゴで起きた百年前の殺人事件について、有罪か無罪か、それぞれの立論を展開した。黒板を背にしたリードは、白人の被告人が斧で被害者を殺害したこと、そして殺害を認めたこと、の二点を強く主張した。一方、五郎は、斧が凶器とされているが、その斧は発見されなかったこと、そして白人の被告者は知能が低かったので、起きたことを正確に理解しているとは思えないこと、の二点を主張した。

リードは黒人英語をパーフェクトに、そして流れるように喋った。五郎は二重母音と長母音の区別、R音とL音の区別、そして、リズムとイントネーションなど、たくさんの問題を含んだ日本語訛りの英語で、ごつごつと話した。珍しい取り合わせの論証だった。

互いの立論の弱い部分を攻め合って、論争が終了し、それを聞いていたクラスの学生たちが、どちらを支持するかを挙手で示した。その結果、五郎の戦略が功を奏し、より多くの支持を得ることができた。

五郎は、自白に価値を認めない、という七十年代の若者の「空気」に訴えた。さらに、斧という物証が見つかっていない以上、有罪とはできないと主張した。そのことが、多くの賛同を得た。論争して勝ったのは、五郎にとって初めての経験だった。

論証学以外にも、ディスカッション、ディベートといった科目が、スピーチ教育の正規科目である。日本のように課外学習として学ぶのではなく、必修科目として、卒業に必要な単位として履修することができた。

そのような中で、五郎はディスカッションとディベートの違いについて学んだ。個人として論争するのがディスカッションで、三人のグループの一人として参加するのがディベートである。つまり、ディスカッションは一人で戦い、ディベートは三人が役割分担して、チームとして戦うのである。

## 発音の矯正

独裁者や全体主義者、あるいは権威主義者は、権力や暴力で人を動かす。民主主義者は、説得で人を動かす。そして、説得の基本にあるのは言葉であり、正確な発音である。したがってスピーチ教育は重要だと、アメリカ人は考える。

シカゴ・サークルでは、カリキュラムに「発音（プロナンシエーション）」いう講座を置いているだけでなく、発音矯正士を擁する「スピーチクリニック」を構内に併設していた。発音矯正士を、スピーチ・パソロジストという。

このクリニックでは、交通事故が原因で唇から空気が漏れるようになった学生の矯正プログラムも、無償で提供する。発音しにくい音を発音しやすい音で発音してしまう癖やイントネーションの矯正、さらに、母語に影響された発音をする留学生への矯正トレーニングも、このクリニックのサービスである。

シカゴ・サークルへ入学する留学生の数は少なく、スピーチを専攻する留学生は他にいなかったので、発音矯正を受けたのは、このシーズン、五郎だけだった。

英語の発音が正確になるという嬉しい気持ちと、自分の発音が矯正されなければならないという屈辱的な気持ち、この対立する感情に、五郎はしばらくの間、振り回された。そして、発音矯正など受けられなかった、これまでの日本の英語教育に腹を立てた。日本人の英語教員はもちろん、日本で英語を教える欧米人も、この分野の資格や学位を持っておらず、ほとんどの英語教員は、自分流に英語を教えているにすぎない。

しかし、受講してみると、イリノイ大学の矯正トレーニングは科学的であり、魅力的だった。スピーチ・パソロジストから発音矯正を受けるたびに、五郎は興奮した。

発音訓練では、まず五郎が単音から順に発音し、不正確だと、パソロジストにただちに指摘された。その後、パソロジストの発音を真似て発音し、許容できる発音になるまで繰り返す。「音」が終わると、「語」に移り、さらに「フレーズ」、「文」と長くなり、アクセントやイントネーションの訓練も入ってきた。

多くの人種集団はアメリカに移住して、英語を学ぶ。二世、三世の時代になると、学校で、パブリック・スピーキング、ディスカッション、ディベートといった、言葉に関する科目を履修する。さらに、メッセージの内容と構成について学び、デリバリーを実践して身につける。

アメリカ人は学校で、古代ギリシャのプラトンやアリストテレスの修辞学から、現代の説得学までを学ぶ。この教育の歴史があるからこそ、アメリカに来た人たちに、徹底的に正確な英語を使うことを求めるのである。

特に重視されるのは、語彙であり、正しい発音である。日系一世の英語で、まともな生活ができるだろうか。現に多くの日系人がいて、生活こそしているが、よりよい生活ができるかと言えば、答えはノーである。「癖があっても通じればよい。それが、日系人の英語なのだから」と居直って生きざるをえない。

五郎は、発音教育を受けて、対等とまではいかなくても、アメリカ人と丁々発止と渡り合いたいと願った。しかし、自分の英語は、完全な標準英語にはならないだろう。標準英語を話せない日系一世がアメリカで生きれば、社会の下層で生きることになる。そして、子どもが生まれ、その子が小学校に入学し、そこで初めて標準英語を学び、やがてアメリカ社会の一員になる。つまり、子どもや孫に社会的成功を期待することを夢見て、自分は一世として死んでいく。だが、それでいいのか、と五郎は自問せざるを得なかった。

五郎はミネアポリスで、自分の苗字は長すぎると、半分に縮めてアメリカ社会を生き抜いた、おそらくイタリア系の、モンティという人に出会った。彼はスナック菓子の製造ラインを作ったアメリカ企業のエンジニアだったが、彼もまた、アメリカ社会に屈辱的に迎合した一人だった。そのような外国人の集まっているのが、アメリカ社会だった。

## サンディ・ホーウィト先生

イリノイ大学シカゴキャンパスのスピーチ学科には、スピーチの教授は何人もいたが、コミュニケーションの教授は一人もおらず、助教授が二人いただけだった。

ほんの三、四年前に博士号を取得したサンディ・ホーウィトという先生が、立ち上げられたばかりのインターパーソナル・コミュニケーションという学問領域の科目を教えていた。もう一人はウッドという白人女性の助教授で、アルバート・マレービアンの『サイレントメッセージ』という教科書を使って、非言語コミュニケーションという科目を教えていた。

サンディはヨーロッパ系で、スタイルのいい、ハンサムな二十代後半の白人男性だった。話し始めると、知識人らしく関係詞を多用した長い文を操り、豊かなボキャブラリを駆使して、滔々と水が流れるように話す。

自分をファーストネームで呼ばせるサンディは、シカゴ市の北にあたるエバンストンという郊外にあるノースウェスタン大学で博士課程の教育を受け、エバンストン市ユーイング街に住んでいた。エバンストンへは、シカゴのダウンタウンからレイクショアドライブを利用すれば三十分で着いた。この私立大学は、コミュニケーションの他に、ビジネス、ジャーナリズム、そして医学の領域で世界的に評価が高い。

「コミュニケーションには、始まりも終わりもありません」

「えっ、どういう意味ですか」

「会話（conversation）では、会話を始めるときが始まりで、会話を終えるときが終わりです」

「はい、そうですね」

「私たちは人と話すとき、言葉をやりとりしますが、相手の顔の表情からも、相手が伝えたい意味を受け取ります。他にも、言葉以外の合図がたくさんあり、私たちはそこから意味を受け取っています。例えば、ジェスチャーや、着るもの、身につけているもの、こうしたものからも、私たちは意味を受け取ります。制服を着た警官を見れば、心当たりのある人は目を泳がせる、あるいは、くるりと回って足早に歩き出す。これも、言葉以外から意味を受け取った結果の行動です。メッセージの解釈は、解釈をする人の考えや社会的経験、その日の心理的状態によっても違ってきます。言葉が終われば終わり、ということではありません。このような要素も入れて全体を理解しようとするというのが、新しいコミュニケーションという見方です」

スピーチの見方についても、サンディは説明した。

「スピーチ、つまり修辞学という伝統的な見方は、古代ギリシャで始まり、現在のアメリカまでずっと続いています。そこでは、スピーチや演説を一つの大きな教育の目的としています。言葉を中心にした見方であり、正しい文法で表現し、自分の考えを伝え、相手を説得する、あるいは情報を伝えることが目的です。伝統的に、実践の能力が重視されます。つまり、スピーチ、ディスカッション、ディベートといった能力が重要です。この伝統的な見方では、メッセージは言葉で表現されるので、言葉が始まったときがメッセージの始まりで、言葉が終わったときがメッセージの終わりですね」

スピーチの見方とコミュニケーションの見方は、こんなにも違っていた。

シカゴ・サークルのスピーチ学科は、学科の名称が示すように、スピーチ教育のための学科である。少しずつコミュニケーションの科目を増やしているが、まだまだスピーチの世界が強かった。それはつまり、サンディが少数派であることを意味した。

質問をすると丁寧に答えてくれるサンディを慕って、学校に行く日には、必ずサンディの研究室のドアをノックした。サンディの授業を受けた日は特に、研究室に行って、教室で質問できなかったことについて質問した。本当のところは、教室で気のきいた質問をする英語力がなく、研究室で説明してもらって、やっと授業の内容が理解できたのだった。サンディが根気よく話してくれたおかげで、五郎の英語力は伸びた。同時に、自分の英語力が、まだアメリカの授業で役に立たないレベルであることを痛感した。

英語の「書く」と「話す」が苦手だという日本人が多くいて、そういう人に限って「読む」と「聞く」の能力はあると思っている人が多い。それは間違いだ。なぜなら、書けないのは読めないからであり、話せないのは聞こえないからである。互いに関係しているのだから、日本人は四つの能力のすべてが低い、と言うのが正しい。

英語学習では、アメリカ社会や文化を理解することが大事で、そのためには、アメリカ映画やテレビドラマを見ることだと、サンディは映画鑑賞を勧めた。ポルノ映画を上映している映画館が多い中で、ダウンタウンにある古い映画館は、四十年代から五十年代の映画を二本立てで上映していて、入場料は五ドルだった。これはいいと、五郎はしばらくその映画館に通った。『市民ケーン』や『カサブランカ』なども上映していたが、五郎はローレル&ハーディやマルクス・ブラザースといった、より古いコメディが好きになった。会話が少なく、役者の体の動きを見て笑えたからだった。

五郎が下北沢に下宿していた頃、新聞配達店から映画のタダ券が手に入ることがあった。大学紛争が始まり、ノンポリの学生には自由な時間ができた頃だった。そんな日には、井の頭線の線路を越えたところにある、入れ替えなしの映画館へ行って、字幕の日本語が見えない角度から、一日中アメリカ映画を鑑賞し、リスニングの訓練をしたことを思い出した。

アメリカ人の好きなものを理解するのも、アメリカを理解するよい方法だと、サンディが五郎にアドバイスした。そのお陰で、プロ野球の公式戦に連れて行ってもらうことになった。シカゴで野球と言えば、南のホワイトソックスよりも、北のカブスだったので、サンディの車で、ウィグレー野球場へ向かった。

乗せてもらったサンディの車は、見覚えがなかった。これはアメリカ車かと問うと、車についてのサンディの説明が始まった。それは、あたかもサンディが教室で講義をしているように詳しかった。

「これまでにヨーロッパ車やスポーツカーも所有したが、今は、この三角窓のある車が最も納得がいく。両側についている三角窓のデザインと、三角窓による空気の取り入れはすばらしい。車としては古めかしいタイプだが、私は気に入っている」

後年、サンディ夫婦のいるところで、五郎がこの話をすると、夫人は、サンディが車を購入した当時、よくそんな話をしていたと言った。


二人は、車を停めている大学の駐車場の建物を出て、リンカーンパークを右に見て北に上り、アップタウンの平面の駐車場に車を止め、二、三分歩いて、カブスの本拠地ウィグレー・フィールド野球場に着いた。二十ドルのチケットはサンディのおごりだった。席はホームベースと一塁の間、前から二列目だった。ここでもサンディの講義が始まった。「一塁側の席からだと、右バッターが多いので、打者の背中ではなく、球を打つ動作も顔も正面から見ることになる。ここを陣取るのが通の観客である」。七イニングが終わったところで球場を後にしたが、野球観戦にも、サンディ独自のスタイルがあった。


最近流行している食べ物があるので、一度連れて行ってあげようとサンディが言い、二〇〇〇西アービングパーク通りにあった、何ということもない古めかしいレストランへ行った。中に入り、メニューを見ると、「huba huba」とあった。五郎は読み方がわからず、

「ヒューバ、ヒューバ」

と発音すると、

「いやそうじゃない。ハバ・ハバ」

と、訂正された。やがて店員が持ってきたのは、高さ三十センチもある、大きなパフェだった。当時のシカゴで流行していた。

## トム・カーチマン先生

スピーチ教育からコミュニケーション教育へと、教育改革が進む一方、黒人研究が盛んに行われたのも、この時期だった。

イリノイ大学シカゴ・サークルには、トム・カーチマンとグレイス・ホールトという二人の黒人研究の教授がいた。トム・カーチマンは黒人と白人のコミュニケーションスタイル、そしてグレイス・ホールト先生は黒人の言語文化を、それぞれ研究テーマにしていた。

かつてのニューヨーク市長 Edward Irving Koch は、Koch を「コーチ」と発音するが、トムの姓 Kochman は「カーチマン」と発声する。トムはアメリカ東部で教育を受け、言語学と文化人類学を専門領域とするユダヤ系の教授である。

トム・カーチマンも、学生に自分をファーストネームで呼ばせる先生だった。気さくなだけでなく、異なることや異なるものに対し、寛容な人物だった。「彼は違う」と言えば、往々にして、「彼は劣っている」を意味する。そのようなシカゴ社会にいながらも、違いを否定的に見るのではなく、個性として見るのがトムだった。そのような先生だから、黒人学生や留学生、そしてほんの少しの白人に人気があった。

アメリカ都市部の黒人たちの用いるコミュニケーションスタイルについて、トムは専門書を編集執筆し、この領域で認められていた。一九七二（昭和四十七）年頃の黒人学生は、総じて自分たちの黒人文化に誇りを持ち、「自分たちの話す言葉は、黒人英語という一言語である」と主張した。トムが教える教室の黒人学生は、「少しくらいは標準英語を学べ」と言いたくなるほど、全員がこてこての黒人英語を話した。五郎にはまったく意味が取れず、トムの話すニューヨーク訛りの標準語だけが、教室で理解できた英語だった。


トムはこの頃、ウクライナ出身の女性と結婚していた。トムの家に立ち寄った際に、夫人を紹介され、さらに帰り際に、夫人の母親、つまりトムの義母にも紹介された。義母は、娘がトムと結婚した後にアメリカに移住し、今はシカゴのトムの家に同居していた。五郎が「ハロー」と声をかけたが、五郎をじろっと見ただけで、返事はなかった。彼女は背丈もあり、大柄で、娘と話すときの会話は、ウクライナ語とロシア語だけだった。大都会シカゴは、いろいろな国からの一世たちが、母語だけで暮らしている世界でもあった。

日本で生まれ育った五郎が、アメリカ人にとっての常識を知らないことに遭遇したのもこの時期で、アメリカの男性たちが持つ、ウクライナの人々への憧憬も、その一つだった。

アメリカの男性の多くが、ヨーロッパ女性の英語の発音に魅力を感じるのは事実であり、トムもその一人だった。五郎は、この半年のうちに、ヨーロッパからの女子留学生と結婚したアメリカ人男性三人に出会ったものだった。

## グレイス・ホールト先生

グレイス・ホールト先生は、顔の輪郭が逆三角形で、あたかもカマキリの頬から顎に至る形そのままだった。小柄で細身の魅力的な四十代の黒人女性で、大学では「エセノグラフィ」という科目を教えていた。

教室で初めて会ったとき、作家の三島由紀夫について、いきなり五郎に話しかけてきた。彼女のジェスチャーは大げさで、一種のハッタリのような気もしたが、後に、それは黒人特有のオープン性であり、一般的な体の動きだとわかった。

五郎は、彼女の三島についての発言に、あいまいさを感じた。彼女は、昨年起きた、いわゆる「三島事件」のニュースを聞いただけなのか、三島の作品をある程度知っているのか、あるいは三島作品を研究しているのか、判然としなかった。ホールト先生は、標準英語を話したが、五郎の英語力はまだまだ低く、また、三島についての無知さのゆえに、会話は弾まなかった。

あるとき、シカゴ市南部の黒人たちのボランティア組織を訪問し、その組織の活動について調べるという課題が、五郎に与えられた。フィールドスタディを終え、五郎は教室で報告を始めた。

「グレイスに紹介されて、シカゴ市南部の未成年犯罪センターへ行きました」

と切り出すと、一瞬、教室の空気が止まり、周りの黒人学生から息の漏れるような音が聞こえた。

「待ちなさい。黒人は、私に対してそうは言いません。それは白人の言い方です。私に対しては、ミズ・ホールト、あるいはプロフェッサー・ホールトと言いなさい」

彼女は続けて、黒人学生たちは、黒人の先生をファーストネームで呼ばない、互いにファーストネームで呼ぶのは、白人の先生と白人学生の間である、と説明した。五郎は、黒人も白人と同じやり方をすると考えていたが、それは誤解だった。五郎はその場で、文化的な違いに対する感受性が低かったことを謝罪した。

感受性の低さの原因は、五郎の英語リスニング力不足にもあった。英語リスニングの能力がもっとあれば、黒人同士の会話にもっと注意を払うことができ、黒人教授への対応の仕方にも気づいたはずだった。黒人英語には独自のスタイルがあるが、単語レベルであれば、気づくことも多いはずだった。

ホールト先生の教室にいる学生たちは、五郎を除き、すべて黒人だった。当然、教室では黒人英語が支配的であり、喋り方や間の取り方も、すべて黒人のスタイルだった。いわば黒人による、黒人のための教育が行われていた。ホールト先生を「グレイス」と呼んだ五郎に対し、黒人学生たちは「このアジア人は、アメリカの黒人について何にも知らない」と思ったことだろう。

公民権運動という一種の革命の空気は、大学の人事にも影響を与え、博士号を取得していないホールト教授は、教授に昇格していた。どのような理由があっても、白人には起こりえないことだった。白人が教授になる、あるいは採用されるには、博士号が必須なのである。

黒人優遇の制度が他にもあることを、五郎は知った。大学入学の合格点や奨学金の授与基準で、黒人が有利になっている。アメリカの建国以来、歴史的および社会的に黒人が不利な立場に置かれていたため、それを修正する制度である。

シカゴ・サークルの一年先輩だった黒人の女子学生は、学部の成績がオールA（全優）だったのでシカゴ大学大学院に合格したと、トムから聞いた。五郎は、うらやましかった。当時は純粋に、彼女は頭がいいと思っていたが、黒人に対する優遇措置も働いたようだった。

ある白人男性の老教授が、アメリカの母親のイメージとして、五十歳くらいの白人女性の絵を提示したことがある。その教室には、白人学生、黒人学生、そして五郎がいた。

五郎は、「母親のイメージと言われても、自分の母親は日本人だから、その絵にある女性から母親を想像することはできない」と発言した。すると、教室にいた黒人学生も、「そうだ、そうだ」と五郎に賛同した。そのような発言が次々に沸き起こり、教室が混乱し、白人の老教授は結局、その絵を使うのを断念した。五郎はすでに、そうなることを想定して発言するという、ずる賢い方法も身につけていた。

## 修士論文

スペシャル・スチューデントという中途半端で不本意なレッテルは、一つの学期で大学に返上し、六月には、正式にシカゴ・サークルの大学院生になった。大学院に入学してからも、トムや、サンディ、グレイス・ホールト教授、そしてハーネック教授という白人の先生から学んだ。さらに、*NHK*にも招待されたことのある老教授から、マスコミュニケーション論を学び、ミシガン州出身のドミニック先生からは統計学について学んだ。

ある日、ドミニック先生は、授業を開始するやいなや、

「昨日ハッパをやったから、授業の準備が十分にできなかった。申し訳ない」

と、謝罪した。マリワナを使用したことへの謝罪ではなく、授業の準備ができなかったことへの謝罪だった。ハッパをすることは個人的なことで、学生には迷惑をかけない。しかし、授業の不十分な準備は学生に迷惑をかける、だからあやまる、という理屈である。先生の謝

罪を聞いた後、学生からの反応は特になかった。そして、先生のペースで授業が始まり、授業は終わった。この日の授業のテーマは、因子分析という統計手法だったが、もともと統計学は人気のない科目で、教室は最後まで、どんよりとした空気だった。ドミニック先生はなぜ、マリワナの吸飲を告白したのか、そう言うことで、マリワナパーティーに誘うつもりでもあったのか、五郎にはよくわからなかった。

やがて、修士論文を書く時期が来た。指導を受ける教授を誰にするか、決めなければならない。まず院生の方から教授に申し出る。それを聞いて、教授が受けるかどうかを決める。求められた教授は、たいていその場で、受けることを表明する。

サンディにするか、トムにするか、と五郎は迷った。五郎が求めれば、どちらの先生も受けてくれることはわかっていた。サンディの指導を受ければ、五郎の英語は徹底的に鍛え直され、高いレベルの論文が書けるようになる。その分、論文を仕上げるには時間が必要で、おそらく二年は余分に時間がかかることもわかっていた。それでは困る。

サンディに決め切れない理由がもう一つあった。サンディのアドバイスで、サンディの母校のノースウエスタン大学の有名な文化人類学の教授に、入学したい旨、手紙で伝えることになったが、五郎の書いた下書きは拙いものだった。その手紙をサンディに見せたが、サンディは手を加えることなく、自分で仕上げて教授に送ってみればいい、と言った。五郎はそうしたが、案の定、ノースウエスタン大学の教授からの返事はなかった。

その教授との間には、何も生まれなかった、無視されただけだった。この事実は、五郎に複雑な気持ちを残すことになった。そして確信したのは、サンディは口にはしなかったが、「英語力をつけろ、それには二年は必要だ」という明確なメッセージだった。五郎は、そのように理解した。

シカゴ・サークルは、五郎の英語力でも入学させる、しかしノースウェスタン大学は入学させない、ということらしかった。この理解が正しかったかどうか、五郎にはわからない。


五郎は、トムを選んだ。アメリカ文化を十分に理解していない、英語の運用能力も低い、そして論文執筆能力も低い、そんな五郎でも、トムが指導してくれればやれると思った。トムは五郎の能力の低さを問題にしないだけでなく、アメリカの大学院に提出する論文は英語ではなく、母語の日本語で書いてもいい、と五郎を励ました。しかし五郎は、英語で執筆することを選んだ。トムは、五郎の判断を尊重した。

これでいいのだ、と五郎は思った。しかしトムを選んだのは、サンディの厳しい英語訓練から逃げたかったからだ、という苦い印象を残した。この方向を選んだツケは、その後の人生に現われ、時には、生きる方向の選択に際して、英語レベルの低さが足かせとなった。

スピーチ学科の『論文執筆要領』という冊子を頼りに、質問のある場合は、指導教官のトムに直接教えを請う、ということを繰り返して、論文を書き進めた。この二十ページの冊子は、要領よくまとめられていて、論文を収める封筒や表紙など、シカゴ・サークル特有のルールが載っており、学生にとっては必須の指導書だった。

執筆のスタイルについては、学会のルールに従った。一九七二（昭和四十七）年に入会した、スピーチコミュニケーション学会（ＳＣＡ）の発行する五冊のジャーナルの一つを読み、その領域で採用しているスタイルに従った。それはＭＬＡ（米国現代語学文学協会編）といい、文化、言語、文学の専門の人たちが一般に用いるスタイルだった。五郎はその頃、文化と言語の文献を読んでいたので、そのスタイルにはなじみがあった。

一九七四（昭和四十九）年の冬、五郎は修士論文を書き終え、大学に提出した。

## 卒業後の進路

卒業が近くなり、進路を決める時期になった。サンディも、トムも、グレイス・ホールト先生も、大学の教員であり、このような先生との関係は日本で経験したことがなく、新鮮に感じていた。五郎は、自分もこの世界にいたいと思うようになった。

大学紛争に関わることもなく、そうかといって家族と強いきずなを持つに至らなかった日本での経験。そして、将来に対する不安。しかし、シカゴを目指していけば、やがて、さらに先にたどり着けるだろうと思えた。さらに先にあるものとは、まだぼんやりとしていたが、彼らのようになる、つまり大学の教員になるということだった。

この思いは、シカゴ・サークルの先生との交流から生まれたもので、その後のミネソタの四年を経験した結果ではなかった。博士号を取らなければ大学の教員にはなれないのだから、当然、次の一歩はミネソタの後ということになるが、気持ちはすでに、シカゴのときに生まれていた。


日本の高等学校を卒業して、当時シカゴで生活していた、五郎より四歳若い山崎という男子学生と親しくなった。山崎は、五郎と同じイリノイ大学に通い、「日本人は数学ができる」という評判通りの学生で、「数学」のＴＡをして、大学から奨学金をもらっていた。しかしそれだけでは足りず、シカゴのダウンタウンの、鉄板焼きの「アオキ」でアルバイトをしていた。店長に見込まれ、系列のニューヨーク店のフルタイムのポジションを提示され、迷っていた。最終的に、シカゴ・サークルをやめ、ニューヨークへ引っ越していった。彼は学生であることをやめ、フルタイムの職に就いたのだった。

学生ビザでアメリカを生きていく面倒くささを避けて、グリーンカードで生きることもできる。あるいは、運がよければアメリカ人と結婚し、市民権を得て、日系一世として生きることもできる。しかし山崎は、五郎が今も戦っている、授業料を稼ぐことと学生ビザの継続という二つの問題から「逃げた」と思わざるを得なかった。

シャルク夫人から提案された養子の話は、承諾すれば、五郎のシカゴの生活は一変する。問題は、アメリカ社会で日系一世になることへの不安だった。この問題は大きかった。五郎は、養子になるという選択肢は「置いておく」、つまり今後も「戦っていく」ことにした。生活苦が続くと、山崎のように学生の身分を捨てる、あるいはあき子のように、学生の身分にはこだわるものの、大学の成績も自分自身もボロボロになる。そうはなりたくない五郎が今のままでいられるのは、トレードセンターのアルバイトと通訳の仕事があるからだった。しかし、この二つの収入は、生活費と授業料できれいに消えてしまう。

シカゴに来て三か月が過ぎた頃、イリノイ州の運転免許証を取ろうと思い、高野さんに相談した。一つは、学科テストのための交通ルールに関する知識、もう一つは路上テストのための運転技術、この二つをクリアしなければならなかった。

学科テストのためには、高野さん自身が使った本を譲り受け、二日ほどかけて読んだ。路上テストのためには、高野さんの車を借りて、近くのスーパーマーケットの営業時間が終わった後、そこの駐車場で運転の練習をした。高野さんは親切にも、スーパーマーケットまで、自分の車を運転してきてくれた。五郎はまだ、公道を走れなかった。

この程度の準備で受験した。学科テストでは、英和辞書の使用が認められていて、試験時間は自分で決めることができた。つまり何を見ても、また、何時間かけてもよかった。

路上テストのために、試験官が助手席に乗り、出発しようとすると、試験官はいきなり左手を座席に置き、五郎に二十ドルを要求した。金を取られるとは、どういうことか。五郎は無駄かもしれないと思いつつ、

「貧乏学生で、金はない」

と言ってみた。大きな二つの目で睨まれ、ひと呼吸あって、

「もういい」

と言われ、車を下ろされた。

試験官も車を降り、路上テストは、それだけで終わった。受験の前に集合した大きな部屋で待っていると、合格者の発表があり、その中に、五郎の名前が入っていた。

試験官の中にはメヒコ（メキシコ人）もいて、彼らが情けをかけてくれたのかと思ったが、そうではなかった。後にわかったことだが、シカゴの運転免許試験場は、試験官の荒稼ぎの場になっていて、試験官が試験を受ける市民から賄賂を取ることは、シカゴ近辺だけでなく、全米的に知られていた。一人二十ドル、一日十人こなせば、二百ドルがまるまるポケットに入る。五郎のように拒否する人はさっさと下ろし、次の受験者を乗せたほうがよかったのである。

運転免許証という紙切れはくれてやる、が、運転技術については、自分の責任でうまくやれ、ということなのだろう。しかし、簡単にうまくなれるものではなく、五郎はずっと、車をこすりながら、そしてあちこちぶつけながら、運転することになった。

## フルタイムの仕事

イリノイ大で修士を終えるこの機会に、五郎はフルタイムで働くことにした。一九七二（昭和四十七）年に渡米して以来、経済的にぎりぎりの生活をしてきたので、一度、余裕を持ってアメリカ暮らしをしてみたかった。しかし、アメリカの企業で働く気はなく、トレードセンターでの経験から、日本の公的機関で働くことの優位さを身に染みて感じていた。

五郎は日本の総領事館の面接を受けた。この総領事館は、シカゴのダウンタウンにあり、中西部の十州にビザ発給などのサービスや、文化交流のための行事の実施、他にもさまざまな民間のプログラムをサポートしていた。

面接試験は、形だけだった。イリノイ州の運転免許証を持ち、トレードセンターで働いていたことが幸いし、すんなり採用が決まった。働き始めてから、面接官が五郎の卒業した日本の大学の出身者だったことを知った。たぶん、それは採用に関係なかっただろう。

滞在するためのビザを心配する必要はなくなった。なぜなら、総領事館は日本の法律の及ぶ範囲なので、日本人が日本で働くのと同じで、何のビザも必要なかった。シカゴの日本総領事館は、525ノース・ミシガンアベニュにあった。トレードセンターから北に歩いて十分くらい、マグニフィセント・マイルのど真ん中、ミシガン・アベニュに面していた。

五郎の仕事は、その地域の華やかさとは逆に、公用車の運転だった。公用車はもう一台あり、京都から来たという男性が現地採用されていた。彼は履歴書に「京都出身、大学卒業」と書いていて、京都の大学を出たことを臭わせていたが、京大を出ているわけでもなく、実際は私立大学も出ていなかった。偽造の程度がひどく、まともに書いた五郎の履歴よりも優れた内容になっていた。五郎はばかばかしくなり、彼にはまったく近づかなかった。

この男が、もっぱら総領事の使用する車を運転する。一方、五郎は、公的事業、具体的には、情報の収集、友好親善、国際会議の準備といった総領事館の日常的なサービスを行うために、第二の公用車を運転した。日本からの訪問者への便宜供与も、五郎の仕事だった。国立大学の教授二人が、近隣の原子力発電所の視察を外務省に希望したときにも、現地のシカゴ総領事館が彼らを案内した。ワシントンDCの日本大使館からの事務官一人を助手席に、日本からの教授二人を後部座席に乗せ、五郎がまる一日、公用車を運転した。ドレスデン原子力発電所では青白い不気味な水を見て、その日の夕方、宿泊先のホテルに二人を届けた。

ハイウェイ190を、オヘア国際空港に向かって運転していたときのことだった。ダウンタウンを出て十五分もたたないあたりで、眠気が襲い、数秒そのまま走り、さらに眠気が襲ってきた。「危ない」と思ったので中央帯に車を停め、ハザードランプを点けて寝た。パトカーに見つかることもなく、二十分ほどの仮眠で体は戻った。

忙しいときは、睡眠不足になるほど忙しく、そうでないときは、まったく暇な職場だった。暇な日は、朝の九時から二時間かけて、与えられている机で、日本の新聞五紙と、『シカゴトリビューン』、『シカゴサンタイムズ』という現地の二紙、そして日系の『シカゴ新報』の、すべての文字を読んだ。

自分で作ったサンドイッチを食べ、午後は、公用車の点検に向かった。エンジンオイル、ブレーキオイル、冷却水、そしてタイヤの空気圧などの基本的な点検のために、契約工場まで運転して行き、終了するまで待ち、四時にはオフィスに帰ってきた。

## 両陛下のシカゴ訪問

このような総領事館での日常は、一九七五（昭和五十）年に一変した。昭和天皇・皇后両陛下が十月に訪米し、シカゴにも一泊することが発表されたからだった。両陛下の訪米は、九月三十日の東部のウィリアムズバーグに始まり、中部のシカゴ、西部のサンフランシスコ、ロサンゼルス、そしてハワイと続いた。

両陛下が東部に着いた頃、アメリカの新聞は、大きなサイズのコラムで天皇を批判した。

今回の訪米に関し、日本側から発表された昭和天皇の文章には、それが外務省によるものか、宮内庁によるものか、日本の新聞社によるものかは定かでないが、デプロア（deplore）という語が使われていた。これに、アメリカ東部の新聞がかみついた。

デプロアという語は、不幸なことが起きた、それを外から見て、残念である・遺憾であるというときに使う。自分の行為の結果に対して、この語を使って、残念である・遺憾であるとは言わない。そう言えば、自分の行為が他人事のように響く。

戦争責任は天皇にあるのだから、当然、デプロアという言葉は使えない、というのがコラムの主張だった。戦争責任については、戦後すぐに、天皇は裁判にかけないという結論が出ていたが、二十五年経過した当時でも、アメリカ国内の新聞コラムには、天皇の戦争責任について、複数の異なる意見を載せた。これが、アメリカ人の感情だった。

シカゴでは、重厚なヒルトンホテルでの公式行事と、近郊のドイツ系の農場訪問が企画され、宿泊には格式の高いドレイクホテルが使われた。カタカナでドレイクホテルと称するホテルが日本にあるが、両者には気の毒なほどの差があり、安易に同じ名をつけるべきではないと思えるほど、シカゴのホテルは格式が高い。訪問先の農場の家族には、両陛下に気分よく訪問していただくために、前もって数千ドルが提供され、ペンキの塗り替えなどをしてもらった。

五郎は、ホテルから農場までのルートを決める、極秘のプロジェクトに組み入れられていた。五郎と外務省の事務官が、前もって複数のルートを車で数回走った。五郎はその中の一つのルートが選ばれると思っていたが、当日は、アメリカのシークレットサービス（SS）が、まったく別のルートを走った。つまり、五郎と事務官はダミーだった。

農場の主人は気のいい人で、天皇陛下が近づいたとき、自分の乗っていたトラクターに乗ってみるかと声をかけた。陛下が曖昧に頷くと、それを肯定の返事と受け取り、陛下を自分のトラクターに引き上げて乗せてしまった。そして、あろうことか、天皇に子豚を抱かせてしまった。取り巻きは驚いたが、特にお咎めもなく、訪問は無事に終了した。


両陛下の訪米中、五郎は思わぬ経験をした。それは、ドレイクホテルのロビーで起きた。ホテルの正面玄関を入って、階段をいくつか上ると、フロントロビーのフロアに繋がる。両陛下が車から降り、歩を進めてホテルの玄関を潜り、階段を上ってロビーに近づくと、両側に並んで迎えていたシカゴの人々の間で、小さな拍手が起こり、それは次第に大きな拍手に変わった。

陛下は、ロビーにいた五郎の一メートル前を、ゆっくり歩いて行った。このホテルの利用者には裕福な人が多く、年齢も高く、ほとんど両陛下と同じくらいの年配だった。太平洋戦争を経験したアメリカ人たちが、日本の天皇を拍手で迎える、そんな場面に立ち会って、五郎は涙を流した。拍手は、両陛下がエレベーターに乗るために、廊下を右折れしたときまで続いた。

落涙するなど、大げさなことだと人は思うだろうが、五郎には特別な経験がある。五郎の生まれ育った地域には、伊勢神宮の神田があり、毎年四月に下種祭《げしゅさい》が行われる。地元では御田《おみた》といわれているが、伊勢神宮の行事の中で唯一、子どもが参加する行事である。毎年一人、童男《どうなん》に選ばれた十二歳の男の子は、行事の前日の夜、迎えが来て、内宮の一つの建物に行き、一泊する。次の朝早く風呂を浴び、食事をし、行事に臨む。この童男の経験をしている五郎は、伊勢神宮に身近な距離感を抱いていた。

アメリカ政府は、訪問中の両陛下の安全に全責任を負っていた。安全保障は当然のことだった。両陛下の宿泊するホテルのフロアを覗いた五郎は、廊下の曲がり角に、三脚に機関銃を乗せ、移動用の簡易な椅子に座っている一人のＳＳを見た。二十四時間態勢の監視・警戒だった。

## 5　ミネソタ大学の教授たちと院生たち

### 大学院を選ぶ

五郎は一九七五（昭和五十）年に修士課程を終えた。次の博士課程は、教授で選んだ。

シカゴのヒルトンホテルで、ＳＣＡの年次大会が開催されたのは、一九七二（昭和四十七）年だった。その大会で、異文化コミュニケーションという新しい分科会が設けられた。会議の司会をしたのは、東部のマイケル・プロサー教授だった。集まった人は十名程度、五郎も出席者の一人だった。分科会は現在も活動しているが、設置されてしばらくの間は、その存続の意義について、教授の間で見方が分かれていた。

存続させるべき、という見方は、

①コミュニケーションをする二人に、文化的に大きな違いがあり、その違いがコミュニケーションのプロセスに大きく影響する。ゆえに、異文化コミュニケーションは一つの独立し

た領域であるべきで、コミュニケーションをする相手の文化背景を知ることは重要なことである。

一方、存続させる必要はない、という見方は、②異文化コミュニケーションはインターパーソナル・コミュニケーションという分野の一部である。人はそもそも文化的に違いがあり、その人の持つ文化的特徴がコミュニケーションのプロセスに影響を及ぼしても、そのコミュニケーションは、インターパーソナルという領域で、十分対応できる。

コミュニケーションはメッセージの交換だと考えている人たちの多くは、②の見方を支持した。また、数量分析をする人たちの多くも、②の見方を支持した。トム・カーチマン教授は、この二つの領域ではないが、彼独自の洞察から②の見方を支持していた。この頃の五郎は、①の見方を支持していた。

大学院のプログラムを選ぶとき、五郎が最も参考にしたのは、アメリカの院生たちの評判だった。五郎は、ＳＣＡとＩＣＡ（国際コミュニケーション学会）の年次大会に出席して実際に論文発表を聞いている院生たちと会話を交わした。

ここ二、三年、見聞きした限りにおいて、日本の文化や社会に興味を持つ有力な教授は、ミネソタのウィリアム・ハウエル教授、ディーン・バーンランド教授、ジョン・コンドン教授、そしてインディアナのオウア教授、さらに東部のエデルスタイン教授とプロサー教授の六人だった。彼らは東部、中部、西部に散らばっていたが、これらの先生の中から指導教授を選び、博士号を取るのが理想だった。博論指導のできる先生は他にもいたが、五郎が出会うことはなかった。

バーンランドとコンドンの二人の教授は、すでにICUの三鷹周辺にコンタクトを持っているようだったので、接触する気にならず、候補から外した。コンドン教授は、修辞学と文化人類学を背景に持つ人物だった。コミュニケーションの効率といったテーマよりも、たぶん異文化コミュニケーションの独自性、必要性を説くだろうと思った。バーンランド教授は、インターパーソナルという領域だったが、当時、それほど魅力を感じなかった。

五郎は、この四年間シカゴに住んでいたので、東部に馴染みはない。そこで、エデルスタインとプロサーを外し、残るミネソタ大学とインディアナ大学のどちらかを選ぶことにした。五郎は、それぞれの大学所在地である、ミネアポリスとブルーミントンの町を比べてみた。その頃、『メアリー・タイラー・ムーア・ショウ』というテレビ番組を五郎はよく見ていて、メアリー・タイラー・ムーアは、ミネアポリスのテレビ局の報道番組プロデューサー役を演じていた。彼女とディック・ヴァン・ダイクを中心にしたシチュエーション・コメディ（シットコム）がおもしろかったため、本当のところはよくわからないが、ミネアポリスのほうが垢抜けていると五郎は感じた。インディアナのオウア教授がTAをつけて迎えると言ってくれたが、ブルーミントンを選択する気持ちにはならなかった。もちろん唯一の理由ではないが、メアリー・タイラー・ムーアの魅力が大きかったことは否めない。

アメリカ国内では、ミネソタ大学、つまりハウエル教授の評判が驚くほど高かった。五郎の母校の川島先生がハウエル教授の友人だったこともあり、面接のためにミネソタを訪ねた五郎を、教授は自身の車でミネアポリス・セントポール国際空港まで迎えに来てくれた。面接を受け、空港まで見送ってもらい、シカゴに帰った。ハウエル教授からは、一年目のTAのオファーはなかったが、五郎はシカゴの総領事館で働いて一万ドルを貯め、翌年、ミネソタに向かった。シカゴ・サークルに入学していたので、ミネソタ大学ではトーフル試験を再度受ける必要はなく、専門領域の審査だけで合否が決まった。実質的に、ハウエル教授が五郎の入学を決めたようだった。

## ミネソタ大学ミネアポリス・キャンパス

ミネソタ大学には、ハウエル教授の他に、ロバート・スコットとアーネスト・ボーマンという教授がいた。それぞれの領域の大御所といわれる人たちだった。大御所が三人いるミネソタ大学にはパワーがあった。

スコット教授は、『レトリック』というジャーナルの編集長をしていた七六年の夏学期、彼の受講生である五郎やアメリカ人院生たちに、土居健郎の「甘え」の論文との出会いについて話した。その論文は、知人で著名な研究者から、スコット編集長に推薦されてきたのだという。読んだところ自分もよい論文であると評価し、ジャーナルに載せた。その論文への評価は次第に広まり、土居の他の書物もアメリカ人に読まれるようになった。教室にいたアメリカの院生の中には、土居健郎の「甘え」の概念がわからず、狐につままれたような顔をしている者もいたが、五郎には、修辞学と「甘え」の関係や、スコット教授の学問的な幅の広さなどがよく理解できた。また、日本の学者が評価されていることが嬉しく、スコット教授に、日本人の自分が励まされた気分になった。

ディスカッションという科目は、六十年代の教育の変革により、スモールグループ・コミュニケーションという科目になったが、その領域がボーマン教授の専門である。ボーマン教授はレトリカル・ビジョンという分析方法をすでに確立していて、その分析方法を用いた研究で博士の学位を取得した女性が、すでに中部の大学で教授になっていた。

博士課程では、試験の点数だけが、その院生に対する評価ではない。授業やプロジェクトでは、そのつど議論する、あるいは論争する場面があった。そのときには、自己の優位さを示し、論争で勝つことが求められ、それが高い評価に繋がった。特に、レトリックやディスカッションと名の付く科目では、この傾向が強かった。アメリカの六十年代、七十年代は、この学問領域の転換期であり、まさにその現象がミネアポリスでも起きていた。

ミネソタ大学の正式名称は、ミネソタ大学ツイン・シティーズ校という。これは、ミネアポリス市と、隣接するセントポール市という二つの市（ツイン・シティーズ）にまたがる大学という意味である。ミネアポリス・キャンパスはコミュニケーション教育、セントポール・キャンパスはスピーチ教育に専念する。専念すると言えば聞こえがよいが、この分野ではパラダイムシフトの起きた後なので、一つは新しいコミュニケーション教育、もう一つは、これまでのスピーチ教育という意味になる。

ミネアポリス・キャンパスでは、インターパーソナル・コミュニケーション、スモールグループ・コミュニケーション、非言語コミュニケーション、セクシュアル・コミュニケーションのように、名称にコミュニケーションのつく科目が置かれていて、その見方で科目が作られている、セントポール・キャンパスでは、スピーキング、ディスカッション、ディベートといった伝統的な修辞学の科目が置かれている。同じTAといっても、ミネアポリスのTAなのか、セントポールのTAなのかによって、意味が違い、評価が違うのである。五郎が後年親しくなるビル・グディカンストは、初年度からミネアポリスのTA、ミッチ・ハマーはセントポールのTAだった。

五郎の卒業したイリノイ大学シカゴ・サークルは、昔からのスピーチ学科、一方、ミネソタ大学ミネアポリス・キャンパスはスピーチ・コミュニケーション学科となっていた。このドット（・）はandという意味で、スピーチとコミュニケーションの両方の教育をしている、という意味になる。数年後には、ミネソタ大学では、コミュニケーション学科と呼ぶようになった。大学が置かれている状況、有力教授の退職時期など複数の要因が絡んだ結果、早くそう呼ぶようになった大学、そうでなかった大学もあったが、遅かれ早かれ、すべての大学がコミュニケーション学科になっていった。

## ハウエル教授とグディカンスト

五郎がビル・グディカンストに初めて会ったのは、一九七五（昭和五十）年の秋、ミネアポリス・キャンパスのオフィスだった。ビルは、すでにハウエル教授のTAをしていて、オフィスにメールボックスを持っていた。彼は、五郎という学生が入学してくることを、ハウエル教授から聞いていた。

この二人のフルネームは、ウィリアム・S・ハウエルとウィリアム・B・グディカンストである。ハウエルと言わずにハウルと発音する学生、またグディカンストと言わずにグディクンストと発音する学生もいた。そこは移民の国なので、それほど気にしない。というか、ラーストネームを使う習慣や場面は、あまりない。アメリカ人は互いにファーストネームベースで、ラーストネームにこだわっているのは、日本からの留学生ぐらいである。

セカンド・ネームも、親が期待して名づける。ハウエル教授のSはスマイリーのS、グディカンストのBは省略した字ではなく、単にアルファベットのBである。複雑にならずに、シンプルに生きろとでも願ったのか。二人の性格はそれぞれ、笑わないハウエル教授と、気難しくて複雑なグディカンスト。二人とも、ニックネームはビルである。

ハウエル教授は、学生に自分をファーストネームで呼ばせなかった。自分の年齢に近い、スモールグループのアーネスト・ボーマン教授とは、「アーニー」、「ビル」と呼び合っていた。老齢の二人がニックネームで呼び合う様は、聞いていて新鮮だったが、五郎にはなんとなく違和感があった。

細身で背の高いハウエル教授は、白人の中でも肌が白く、長い顔をしていて、目つきが鋭く、軍人のような雰囲気を持つ人物で、権威主義者でもあった。

五郎が博士論文の三つ目の章を書き進めていたとき、

「この段階で、このような章を書いているのか」

と叱られ、五郎はつい、

「アイアムソーリー、サー」

と、サーを付けて答えてしまった。それくらい威厳を感じさせる先生だった。

ハウエル教授は、約束時間を守ることに、異常に厳しかった。教授の研究室を訪問する約束時間を午後三時に設定したら、研究室のドアを、午後三時きっかりにノックしなければならなかった。数分早く着いてしまったときには、研究室のある建物を一回りし、時間を調整して、約束時間きっかりにノックすることを求められた。

約束時間に遅れたときは、さらに厳しかった。数秒以内の遅れは許されるが、一〜二分でも遅れたら、I am sorry. I am late. と謝るだけでは足りず、交通が渋滞したなどと、遅れた理由を述べなければならなかった。三分遅れると、教授はすでに研究室にはおらず、次の仕事の場所に移動していた。謝罪は明日以降になり、きわめて気まずい状況になる。もはやどんな謝罪も意味を成さず、「すみません」と言っても、「忘れろ」と言われるだけで、許してくれることはなかった。

三時の約束は三時の約束であって、三時三分の約束ではない。したがって、三分遅れたら約束は無効になる。そう理解すればわかりやすい。

ハウエル教授は「異文化コミュニケーション」という科目を教えていて、この領域では、全米に知られた教授だった。彼の授業は人気で、毎年、立ち見の生徒が出た。一九七五（昭和五十）年秋学期の第一回の授業で、ハウエル教授は学生たちに、次週、自分の文化を表すものを持って来るように、と指示した。

当日、学生は、これと思うものを持って教室に集まった。ハウエル教授自身が持ってきたのは、コルト社の「ピースメーカー」という、西部劇によく出てくる短銃だった。それは本物の銃で、よく使い込まれていて、学生たちを興奮させた。誰が、どこで使ったものかと突っ込みを入れる学生はいなかったが、五郎は、「さすがミネソタン（ミネソタ人）！」とでも言って、保守的なミネソタ人を揶揄してやりたかった。

五郎は、ミネアポリス・キャンパス近くのディンキータウンに行き、日本製品を扱っている雑貨店で下駄を手に入れた。下駄と日本の気候について話したが、日本の下駄文化について、詳しく話すことができなかった。女性の履く下駄の鼻緒が切れ、そこに男が通りかかって、鼻緒をすげ替えてやる。それがきっかけで、二人は親しくなる。そんな男女のコミュニケーションについて話す英語力は、五郎にはまだなかった。

ハウエル教授は、異文化コミュニケーションの領域で、それまでに多くの院生をＴＡとして指導してきた。当時、その立場にいたのが、ビル・グディカンストだった。

ビルはフェニックスにある、アリゾナ州立大学で修士課程を終え、米国海軍横須賀基地に勤務した。一九七三（昭和四十八）年から七五年にかけて、同基地にあるメリーランド大学のファーイースト・エクステンションプログラムで、トレーナーとして、「文化適応」という専門分野を扱った。例えば、横須賀から一人で電車に乗って渋谷まで行き、ビルが指定した物を買って帰ってくるという課題を出して、アメリカ人受講者の日本社会への適応の問題を取り上げた。彼はその後、もう一つ高い学位を取りたくなって、ミネソタ大学のハウエル教授のもとに来たのだった。日本にいたアメリカの専門家にも、ハウエルの名前はすでに知られていたのである。

さて、五郎は最初の中間試験で「不可」を取り、ハウエル教授とビルを驚かせた。まったく準備をしなかったという単純な理由だったが、二人が戸惑ったことは確かだった。五郎にとって、この領域は未知の領域であるばかりでなく、指定された教科書以外に、五冊の専門書を読まなければ、よい成績など取れるはずもなかった。五郎は、シカゴ・サークルではそんなに厳しくなかったと、トム・カーチマンを逆恨みしたが、その後がんばり、最終的にその科目でB評価を得た。

修士課程でB評価をもらえば博士課程へは進めない。しかし、博士課程でのB評価は、合格の範囲内だった。どうしても意見の合わない教授はいる。だから、それ相応の議論をしてのB評価なら、特に問題はなかった。

トムは、意見の違いがあっても、その違いを重んじた。そして、学生が努力しているかどうかに頓着しなかった。本当はそうではなかったろうが、五郎にはそう思えた。努力してもしなくても、その結果が表に出ないのであれば、五郎はつい、努力しないほうを選択してしまう。五郎はいまだに、人としての甘さを残していた。

## ＴＡのポジション争奪戦

ＴＡのポジションが公募されると、時に、激しい取り合いになる。ＴＡのポジションが取れれば、大学の教職への道が開けるからだ。ＴＡとは、ティーチング・アシスタントの略で、師事する教授のティーチング補助として、試験の採点や、教室でのプリントの配布などを手伝う。また、教授が教えている一般教養の科目を、代わって教える場合もある。ＴＡになれば、給料がもらえる上に、授業料も免除される。そして、より大事なことは、ＴＡの経験が教員採用にプラスに作用する。いいことだらけで、それだけにＴＡが取れると取れないでは、大きな違いが生じる。

ハウエル教授は多くの院生を指導し、彼らにＴＡを与えてきた。その中には、サンダーバード研究所教授のボブ・モラン、ハワイ大学教授の西山和夫や南米の院生たちもいたが、彼らはすでにミネソタを去っていた。

モランは、ハウエル教授のもと、ミネソタ大学の「異文化コミュニケーション・ワークショップ（ＩＣＷ）」という科目の、立ち上げに尽力した人物だった。これは後に、異文化トレーニングと呼ばれるようになった。ビルや五郎が院生の頃、モランはすでに留学生アドバイザーオフィスで働き、心理学科でも教えていた。

五郎がミネソタ大学に入学して二年目に、ＴＡのポジションが公募された。対象は、ハウエル教授の教える「異文化コミュニケーション」に併設されているＩＣＷだった。ＴＡに応募した院生は、五郎とサイモンだった。サイモンは、五郎より二年も前にミネソタに来ていた。この二人の間で、ＴＡの争奪戦が始まった。

サイモンは猛然と、

「五郎の英語は、ブロークンイングリッシュだ。それに、日本人がアメリカ人を教えるのは、おかしい」

と、ハウエル教授にアピールした。妥当な主張ではなく、言いがかりともいえる攻撃だった。

五郎は、ムッとして反論した。やや冷静さに欠けていたかもしれなかった。

「日本人が英語で教えて、何が悪い。私はシカゴで英語の発音矯正の訓練を受け、アメリカ人の発音に近づけようと努力した。私の訛りは母語によるもので、この訛りをアメリカ人学生に聞かせることも、異文化コミュニケーションの勉強には、いいことだと思う」

ハウエル教授の判断は早かった。そしてひと声、

「ＩＣＷのＴＡは、五郎」

と宣言した。

ハウエル教授のこの判断のおかげで、五郎の授業料は免除され、月々五百ドルの給料を得

ることになった。何よりも大きな出来事は、机、イス、電話が提供され、構内に五郎のオフィスができたことだった。そして、学位を取得して教職に就くことが、五郎のはっきりとした目標となった。

これは確かに事件だった。なぜなら、五郎はビルよりも年配のサイモンに負けなかったからだ。このハウエル教授の一声で、サイモンはミネソタ大学における異文化コミュニケーションのコースから外れた。

その後しばらくして、五郎はビルの家に招かれ、夕飯を共にした。その食卓で、五郎はサイモンをビッグマウスと呼んだ。彼は確かに口も大きかったが、これは、都合のいいことばかり言う、いい加減な奴という意味だ。それを聞いたビル夫妻は、サイモンに対する五郎の怒りの大きさに驚いた。

## ミネソタ大学の院生たち

異文化コミュニケーションを専攻していた五郎の周りには、グディカンスト、ワイズマン、ハマー、留学生三人、そしてサイモン夫妻がいた。これが、五郎のミネソタ大の世界だった。サイモン夫妻は最年長で、その事実を必要以上に振り回すところがあった。そのため、五郎、グディカンスト、ワイズマン、ハマーの四人は、夫妻に距離を置いていた。四人は大学教員や研究者を目指し、時期はずれるが、四人とも大学で教職を得た。一方、サイモンは、オレゴン州ポートランドに、異文化トレーニングの教育とトレーニングを提供する学校を作り、学校経営に励んだ。

そのサイモン夫妻が、ビルを激しく非難した。一九七六（昭和五十一）年のことだった。ビルの執筆した論文「異文化コミュニケーションによる個人及び集団の変容」が、アメリカ国内のジャーナルに掲載されることになった。それを知ったサイモン夫妻は、協力したわけでもないのに、

「この論文の内容は自分たちと議論した内容であり、それをビルがまとめただけなので、ビルの単著とするのは虫がよすぎる」

と、ビルに噛みついたのだった。

論文が掲載された理由は、二つあった。一つは、ミネソタ大学のこの領域のレベルは高く、たとえ大学院生であっても、TAとしてICWを教えれば、異文化コミュニケーションの参加者に生じる変容に容易に気づくことができる。つまり、十分信頼できる。もう一つは、「異文化コミュニケーションの現場では、個人が変容するだけでなく、集団における対人関係も変容する」という説明が新鮮で、説得力がある。したがって、ビルが自分の単著の論文とすることに何の問題もなく、サイモン夫妻の主張は、きわめて不当な言いがかりだった。

ビルは一九七七（昭和五十二）年秋、この論文を含め、すでに発表した論文数編と博士論

文、そしてミネソタ大学のＴＡの経験が評価され、コネチカット州のハートフォード大学で助教授のポジションを得た。院生在籍は、ほんの二年半だった。ハウエル教授について学ぶ当時の大学院生の中で最も早かった。

通常は、科目履修に二年、博論執筆に二年、合わせて四年で博士号を取る。これが一般的である。ビルはそれを、二年半で終えた。それを可能にしたのは、科目履修と博論執筆を同時に進めたことだった。科目履修と博論の章をシンクロさせた、つまり、科目履修の際に求められるレポートを、博論の一つの章にしていったのである。こうすれば、たぶん三年以内で、博士号を習得することが可能だ。

ビルは夏休み中に東部のハートフォードへ移ったが、その引っ越しを五郎が手伝った。ユーホールの大きなトラックをレンタルして、ミネソタ州ミネアポリスから東部のコネチカット州ハートフォードまで、おおよそ九百マイルを交互に運転した。トラックがマニュアル車だったことを引っ越しの朝に知った五郎には、マニュアル車の運転経験がなかった。両足を使い、四苦八苦して、何とか運転を続けた。やればやれるものだ、と自分でも驚いた。

ミネアポリスからシカゴまで、ハイウエイ１９０で南に向かい、そこからひたすら東へ、コネチカット州ハートフォードまで走った。狭い車の中では、口げんかをすることもなく、モーテルで一泊。長いミッションだったが、無事に完遂することができた。ミネアポリスへの帰りは、ビルからもらった飛行機のチケットで、スムースな一人旅を楽しんだ。

五郎とサイモンは、TAポジション争奪戦の次の年、つまり一九七七（昭和五十二）年に、再び衝突した。学外の講演者を招待することになったとき、サイモンは、イリノイ大学のトーマス・カーチマン教授の招待を提案し、企画した。

五郎の指導教官でもあったカーチマン教授は、当時、黒人のコミュニケーション研究ではアメリカで最も注目されていた学者で、彼の著作や論文は、ミネソタ大学の院生によく読まれていた。だから、彼の招待には、五郎を含め、誰も反対しなかった。「スタイルの違いに気づかないことがコミュニケーションの問題を引き起こす」、これをテーマとしたトムの研究は、後年、静岡県立大学の石川教授により著書が翻訳され、日本にも紹介された。この内容は黒人と白人のコミュニケーションスタイルの研究として、アメリカ社会に広く受け入れられ、教授がシカゴで長年コンサルタントをするベースとなった。

カーチマン教授を招待する行事が行われ、サイモンは彼のためにレセプションとランチョンを準備した。その際、五郎はサイモンから理不尽な辱めを受けた。五郎を招待しなかったのだ。正確には、「君も来てくれ」と声をかけないという手法で、五郎を無視した。彼は、一部の人には声をかけ、一部の人には声をかけなかった。

レセプションが終わり、五郎が「自分も出席したかった」と言うと、

「何だ、言ってくれればよかったのに」

と、サイモンはとぼけて答え、

「正式な招待状を出すほどのランチョンではなかった。遠慮せずに来てくれればよかったのに」

と言い放った。彼の仕打ちは、いかにも陰湿だった。

また、かつてトムの指導学生であった五郎が、シカゴに帰る教授をミネアポリス・セントポール国際空港まで送り届けたいと申し出たときも、サイモンは、そんなことは余計だ、と無視した。カーチマン教授のレセプションとランチョンへの「省き手法」による疎外、そして見送りの申し出の却下という不条理な仕打ちによって、五郎とサイモンの間には決定的な対立が生じた。


その後も、サイモンの攻撃はやまなかった。五郎の卒業したイリノイ大学シカゴ・サークルのレベルは低い。そこを卒業した五郎がミネソタ大学に入学したのはおかしい。成績が悪くても、外国人だからという理由で入学を許可してもらったのだ――。

それに対し、五郎は声を大にして反駁した。

「ノン・ノフ・ユア・ビジネス。お前が、どうのこうの、言うことではない。シカゴ・サ

ークルのレベルの低さ、黒人学生への優遇策。そんなもの、どこにでもあるじゃないか。仮に留学生に対する優遇策があっても、それは大学の問題であって、俺個人の問題ではない。一般的な問題と、個人の問題をすり替えるな！」

卒業を目指さない留学生はゲスト、いわゆる「お客さん」扱いで、アメリカ人はそもそも、そのような学生は相手にしない。一方、学位を目指す留学生や、ＴＡの取得を目指す留学生に対しては、アメリカ人学生は容赦なく潰しにかかる。対等に勝負してきた五郎にとって、入学レベルを下げてもらって入学したことなどありえない。五郎に先を越されたサイモンは、嫉妬し、とんでもない屁理屈を五郎に投げつけたのだった。

留学生の英語力不足は当然なので、その点は厳しくなく、いくつもの大学がそのように対処している。実際、ハウエル教授は五郎の英語力を審査しなかった。五郎の入学は不正だ、と批判すれば、その発言は大変な問題を引き起こす。だから、用心深いサイモンは、そこは攻撃していない。

しかし、「なんでそんなレベルの低い大学へ行ったのだ」という批判は当たっているだけに、五郎は忸怩たる思いをした。五郎が入学した日本の大学では、二年生のときに大学紛争が始まり、終わったのは三年生の夏休み。その間、授業は行われなかった。学生たちが大学に戻った後も、授業はほとんど集中講義だった。要するに、五郎は日本で、まともな大学教育を受けなかった。一年生のときは空手の練習に精を出し、三年生の七月、八月の二か月は、アメリカで過ごした。シカゴに来てからは、生活費を稼がなければならなかった。だから、メジャーな私立大学には行けなかった。折り合いをつけたところが、州立のイリノイ大学シカゴ・サークルだったのだ。五郎はこうした事情を、ビルにだけ打ち明けていた。

## ミッチ・ハマー

ミッチ・ハマーは、五郎たちの中で最も若く、三～四年遅れて大学院に入学してきた。入学の際、互いに顔を合わせることはなかった。ミッチはセントポール・キャンパスでTAを得ていたので、共通の授業を除いて、会う機会が少なかったのだ。それでも、話す回数が増えるにつれ、ミッチの誠実さがわかり、会えば話すようになった。ビルとミッチとリッチの三人が、五郎のアパートに遊びに来たことがあり、その頃にはすでに、友達の一人になっていた。ミッチは、ヨーロッパ系アメリカ人で、背は低かったが、スタイルがよく、とりわけ顔がよかった。

後年、ビルの勤めるカリフォルニア州立大学のフラトン校が主催し、サンフランシスコで開催した異文化コミュニケーション学会に出席したとき、ドリンクバー兼ゲームセンターらしき場所で、ミッチと遊んだことがあった。片隅にテーブルサッカーゲームを見かけ、プレーして、手持ち無沙汰を解消しようとしたが、五郎はそのゲームをしたことがなかった。ぎこちなく右手でバーを回し、それからおもむろに左手で回した。すると、それを見ていたミッチは、右でボールを当てて進めると、左でスパッとゴールした。五郎は驚いた。体の構え方、右手と左手の動かし方、ゲーム機のスペースの使い方、すべてにおいて見事だった。ミッチが今までどれだけゲームに時間を費やしたか、わかった気がした。うまいなあと眺めている五郎を尻目に、ミッチは黙々とゲームを続けた。

ミッチは博士課程の途中で、一度、企業に勤めるという横道に入った。ミネソタ大学に戻ったけれど、卒業は、ビルはもちろん、五郎よりもずいぶん後になった。

後年、ミッチとビルがすでに大学教授になっていた頃、二人の間で、言い争うことがあった。それは、ミッチが「自分の教えている学生にも統計を教えてやってもらえないか」と、ビルに求めたことから始まった。ビルが大上段に、

「自分で教えられないものは、教えるな」

と言うと、それを聞いたミッチは、ただちに大学を辞めてしまった。専門科目を教える中で統計の説明が必要になり、それをビルに頼んだという、それだけのことだったが、この言い争い以降、二人が再会することはなかった。

五郎とリッチ・ワイズマンとの交友関係は、それほど深くはならず、いくつかの思い出だけが残った。

ＳＣＡと呼ばれていた頃のコミュニケーション学会は、毎年十二月のクリスマスの時期に、年次大会を開催していた。年次大会は毎年、違った都市で開催された。クリスマスの時期だから、多くのアメリカ人は、それぞれの目的で全国的に移動する。だから、そのついでに学会に出席することができる、という理屈である。

もっとも、海外からこの学会に出席するのは難しい。なぜなら、アメリカのどこに行っても、この時期は込み合っていて、ホテルの予約が取りにくいからだ。海外からの出席者が少なかった頃の、アメリカ人による、アメリカ人のための年次大会の運営方法だった。

一九七六（昭和五十一）年、この年次大会がニューヨークで開催されたことがあった。真冬の雪の降る、夜中の十二時頃、真白の半袖の肌シャツ一枚で、混みあったホテルの側面の出口から、一人の男が出てきた。リッチだった。ヒッピー風の人間も多くいる中、そのような服装で、

「は〜い！　ごろー」

と、五郎に向かって、威勢のいい挨拶をした。五郎は一瞬、危ない人間だと思ってしまったほどだった。

あの日のリッチは、自分の論文発表を済ませ、母校ミネソタ大学の集まりにも出席し、いささか興奮気味だった。すでに酒を飲んでいて、これからさらに飲みに行くところだった。リッチは若い頃から飲酒量が半端でなく、また、強い酒をストレートで飲む西部の男だった。

彼は、肝臓移植手術の順番を待つ途中で死亡した。

## ICWの授業

ミネソタ大学二年目の秋学期、五郎はサイモンを退け、異文化コミュニケーション・ワークショップという科目のTAになった。このことは、すでに述べた。

五郎のオフィスは、キャンパスの西の外れ、留学生アドバイザーのメステンハウザー教授の属するインターナショナル・スチューデント・アドバイザーズ・オフィスの二階に決まった。このオフィスを五郎がもらえたのは、ハウエル教授の力だった。

留学生をインターナショナル・スチューデントと呼ぶようになったのは、ほんの数年前からで、それまでは、フォリンスチューデントと呼んでいた。フォリンだから、「馴染みのない、聞き慣れない、見慣れない」といった、否定的な意味を持つ言葉である。アメリカの六十〜七十年代は、人種問題に始まる多くの社会変革があり、ポストマスターのような職業を表す呼び方も、男女平等に配慮した共通の呼び方に変えられた。

アメリカ南部のルイジアナ州からメキシコ湾へと注ぐ、あのミシシッピ川の源流がミネソタ州にある。五郎はミネアポリス・キャンパスの職場への行き帰りや、仕事の合間の気分転換に、その流れを見ながら散歩した。オフィスの周りには背の高いいちょうの木が何本もあり、黄葉すると美しかった。週五日、オフィスに通い、学生のダイアリーやレポートを読み、コメントを書き、評価した。

ミネソタ大学は、新年度の始まる秋、そして冬、春の三学期、さらに短期間の夏学期を入れて、四学期制である。一学期は十週間の授業期間と一週間の試験期間となっている。四単位の科目を三科目履修し、十二単位を取ることが、学生ビザを継続する条件である。

四単位の科目は、五十分の授業を週三回行う。例えば、ハウエル教授は「異文化コミュニケーション」という科目を火、木のペースで教えていた。一方、ＩＣＷは、ＴＡたちが担当した。

一九七六（昭和五十一）年の秋学期に、ビルと五郎がＴＡとして共同で授業を進めたＩＣＷでは、授業時間を変則的に週一回、水曜日の午後六時から九時までの三時間とした。ミネソタセンターと呼ばれていた、一般住宅のリビング・ルームを教室として利用した。この建物は、ミネソタ大学が買い取り、多目的に使用していて、キャンパスの中にあった。

ルース・シャピロという女子学生がファシリテイターとして授業に参加した。その結果、グループの人数はアメリカ人学生五人、留学生五人、ルース、ビル、五郎の十三人となり、文化背景の異なる人とのコミュニケーションを学ぶ授業が始まった。ルースは前年、ハウエル教授の科目と、ビルの教えるＩＣＷを履修した三年生だった。ハウエル教授とビルの推薦によってファシリテイターになったので、異文化への感受性は高いだろうと、五郎は勝手に思った。

一回目の授業は、自国で行う初期コミュニケーションというテーマだった。一人の学生が英語で「典型的な挨拶」をした後、その挨拶について気づいたこと、あるいは自国での挨拶との違いなどについて話し合った。ドイツからの留学生は、自国の挨拶と比べよと言われても、今回は英語で、しかもアメリカの教室でする挨拶なので、二つは決して同じではないと、議論するモードに入った。それを「攻撃している」と思ってしまったのは、五郎と日本人留学生だけで、彼らにとっては意見の交換だった。アメリカ人の学生に、どのようなところが違うのか、と真正面から突っ込まれたその留学生は、はっきりとは説明できず、どこか違う、というところまで主張を下げた。

授業中に話せなかった、しかしビルや五郎に伝えたい問題や話題がある学生は、授業の最後の十分間でそのことをメモにして二人に提出した。内容によっては、次週の授業で話し合った。

四回目の授業は、国の主権という、ヒートアップしそうなテーマになった。話題の一つは、太平洋戦争の敗戦直後に制定された、日本の憲法についてだった。ルースは、

「GHQの主導によって起草された憲法ではダメなのか。優れた内容であれば、かまわないではないか」

と主張した。

五郎は聞いていて、我慢ができなくなった。

「憲法は、その国の国民が作るのが当然だ。示唆や主導があって作られた憲法は、あたかも自国の憲法を外国人に書いてもらい、それを和訳するようなものだ、その国は、国なのか」

「言語なくして、文化なくして、文学なくして、心無くして、それで、国なのか。それでも、人か、そこまでして、生きたいか」

五郎が興奮して、早口でまくし立てると、ルースは黙ってしまった。興奮してしまうというのは、本来、ファシリテイターとしては落第である。ビルはルースと五郎のそれぞれに、なぜそのように思うのかと問い、一人の熱を冷ました。


毎回、このように、文化やコミュニケーションに関するテーマを取り上げ、ディスカッションやロールプレー、あるいはシミュレーションの方法を用いて授業を行った。書物から学ぶのではなく、出席している文化背景の異なる人々とメッセージを交換することによって、異なる考え方に気づき、伝え方や感動の仕方など、自分とは異なる行動についても学んだ。

午後六時まで夕飯を食べる時間がなかったからと、授業中にクッキーを食べ始めた学生がいたときには、その行動をテーマとして取り上げた。どのような文化背景から、そうした行動が生まれたのか。アメリカに来てからそうするようになったのか。いや、アメリカ人学生はそのような行動はしない、などと活発な議論を交わした。

## 新しいコミュニケーションの見方

言葉中心の見方から、コミュニケーションの見方に変わっていったこの十年。この分野は、五郎がシカゴで学び始めた頃とはずいぶん様変わりした。

まず、コミュニケーションの領域では、「記号」という概念を使うようになった。記号は、言葉と言葉以外のものを指す。つまり、言葉以外のものも含めるのだから、存在するすべてのもの、さらには、記憶の中にあるものまでも記号と呼んだ。

記号を用いて、メッセージを作る。つまり、相手が認識できるフォーム（話し言葉、書き言葉、顔の表情、ジェスチャー、声の調子など）にして、相手に送る。受け手は、送られてきたメッセージや状況からの刺激を五感によって知覚し、意味を取る。つまり解釈する。送る側が送った意味と、受け取る側が受け取った意味が近ければ近いほど、効果的なメッセージの交換ということになる。

メッセージは、人から人に伝えられるが、「意味」は伝えられない。意味は、二人がそれぞれメッセージから取るものである。具体的には、意味は、発言の内容、発言の仕方、用いられた手段（話されたものか、書かれたものか）、状況（オフィスか、家の中か）、メッセージを送る人、受け取る人、二人のやりとりなどによって違ってくる。また、特定の言葉使いや特定の対人距離も、解釈に影響する。さらに、直接伝える、あるいは人を通して伝えるといった手段の違い（チャンネル）も、解釈に影響する。

メッセージの交換が行われる状況を例にとってみよう。友人でもあり外科医でもある人物から、「お元気ですか」と、買い物をしていたスーパーマーケットで言われたのと、診察室で言われたのでは、メッセージの解釈が違ってくる。コミュニケーションをする人物も、もちろんメッセージの解釈に影響する。相手を知らないときは、ステレオタイプに基づいて判断する。つまり相手の文化、民族集団、社会階層、ジェンダー、年代といった、集団に対する、自分の知るステレオタイプをもとにメッセージを解釈する。

ビルは、コミュニケーションを「メッセージの意味を取ることと、メッセージの交換」と定義した。これは、メッセージを送る・受け取るという過程を包括した定義である。きわめて明確で、五郎はこの定義に共感した。言葉を交わす・交わさないに関係なく、出会った二人はメッセージを交換する。コミュニケーションは一回、二回と数えることができる。

誰と、いつ、どのような状況で、どのようにメッセージを交換するかを明らかにすれば、それがどのようなコミュニケーションかを述べることができる。例えば、「状況」を私的なコミュニケーションの起きる状況、「対象の人」を私的に出会った人、「いつ」を出会って比較的短い時間としてみよう。私的な集まりに招かれて、その場で私的に出会った人とのコミュニケーションなどがその一例だ。このコミュニケーションを定義に従って表現すれば、「初期の私的なメッセージの交換」となる。

メッセージの交換は、うまくいくときと、そうでないときがある。①まったくメッセージが届かない、つまり、相手がメッセージとして認知しないときがある。②メッセージは相手に届いたが、受け取る人には何の意味もなさなかったときがある。この場合、メッセージは無視される。③メッセージを送った人の意図と異なり、間違って解釈されるときがある。④もちろん、送った内容を、受け取る人が正確に解釈できるときもある。

このうち③が「誤解」というわけである。効果的なメッセージの交換が行われるには、お互いの意図した意味を、正確に解釈しなければならない。

「メッセージの交換をするとき、人は自分の行動および相手の行動を予測する」と、ビルは明確に述べた。パーティーで魅力的な異性に会い、もう一度会いたいと思う。この目的のために、人はメッセージの交換について、あれこれ方策を立てる。当然、自分と相手の行動を、さまざまに予測する。

毎朝の決まり切った挨拶ではどうだろう。こちらが「おはよう」と言ったのに、相手からは、予測していた「おはよう」の返事がなかった。こんなときは、いったいどうしたのだろうと考える。これはまさに、予測をし、その予測が外れたことの証である。

五郎は思い出す。それは、シャルク家のエントランスキーを手に、ミセス・シャルクと再会の挨拶をしたときのことだ。五郎は期待に胸を弾ませ、「ミセス・シャルクとの好ましいメッセージ交換」を予測していた。しかし、その予測は見事に裏切られ、彼女は、五郎の受け入れをあからさまに拒絶した。

ところで、コミュニケーションを予測するためには、相手の属する集団に関する情報も必要である。具体的には、アメリカ人・日本人、女性・男性、先生・生徒、白人・黒人といった、集団に関する情報である。アメリカ人の白人女性の教師とのコミュニケーションには、アメリカ人、女性、教師、白人のそれぞれに関する知識が必要で、これらは、一朝一夕に身につくものではない。

もう一つ、相手の個人に関する情報も必要である。個人は集団の一員なのだから、集団の特徴を持っているが、個人は他のメンバーとまったく同じではない。だから、個人の心理情報に基づく予測をしなければならない。それらは、個人が行っているスポーツの情報、個人が大切にしている交友関係の情報、個人が購読している雑誌の情報、食べ物の好き嫌いの情報などに基づく予測である。

## 言葉以外のメッセージ

コミュニケーションの見方の特徴は、さらに二つあり、インターパーソナルについて論じる際の共通の理解となっている。一つは、メッセージの交換は、言葉だけが交換されるのではなく、言葉以外のものも交換されるという理解である。コミュニケーション、つまりメッセージの交換は、話し始めるときが始まりで、話し終えるときが終わりだと言うわけにはいかず、四六時中いつでも起きることになる。

例えば、私の取る対人距離が近すぎて、それを性的な侵略だと相手が解釈すれば、それはとりもなおさず、対人距離そのものが相手にとってのメッセージになる。あなたの身につけている服もパンツも、あなたの行動や態度や考えも、いや、体のほんのちょっとした動きでさえ、誰かがそれに意味をつければ、つまり解釈すれば、メッセージの交換、つまりコミュニケーションが成立する。あなたがそこにいてもいなくても、三日前のあなたの服装について誰かが言及すれば、メッセージの交換は成立する。メッセージには始まりも終わりもなく、止めることはできない。

もう一つの見方は「変化」である。メッセージの交換によって、相手に対する知識が増大し、その人を以前よりも理解できるようになる。これは、自分自身の変化である。異文化の人への態度も変化する。出会ったときは好奇心だけだったが、時間が経つにつれ、その人の温もりが感じられるようになる。これは、メッセージの交換によって、相手をもっと知りたい、語り合いたいという態度が現れる現象で、そのような態度が生まれてくると、さらに信頼を高めたいと願い、互いの考えや態度を支持するようになる。

価値観の変化も起きる。外国に住み始め、新しい文化の価値を受け入れると、それまで持っていた価値観を捨てるようになる。価値観だけでなく、行動も新しい仕方に変わる。これが、同化のプロセスである。

初対面の二人は、見つめ合っているだけでは親密な関係にはならない。単なる顔見知りの関係から、知人、そして友人の関係になるには、二人の間で多くのコミュニケーション、つまりメッセージの交換が行われなければならない。時には、相手が伝えようとした意味を間違って解釈してしまい、親密さが減少することもあるが、一般に、メッセージの交換が増えれば増えるほど、二人の親密さは増加する。

もう一つの変化への関わりは、集団のプロセスの中で起きる。グループでの討議では、メッセージを交換することにより、当初存在しなかったリーダーシップや団結力、ファンタジーが生まれる。こうした密な関係は、意見を述べる、関連する情報について述べる、賛成や反対の意思表示をするなど、コミュニケーションをすることによって生じる。その結果、グループの中で、小集団が生まれ、小集団と小集団の関係も生まれる。これらの関係の生成や維持、つまりグループダイナミックスに、コミュニケーションが関わるのである。

このような現象は、成員のやりとりを内容分析すればわかる。誰がグループ全体に問いかけているか、あるいは発言をしているか、誰と誰が意見交換しているか、誰が誰に対して何回発言したか、発言回数の最も多い人は誰か、最も少ない人は誰か、発言内容が肯定的か否定的か、など、内容を分析して結果を出すのである。

五郎は、異文化コミュニケーションという学問分野に、ますますおもしろさを感じるようになっていった。

# 6 実　習

## 異文化トレーニング

ミネソタでは、異文化トレーニングを二回実施した。第一回は、一九七六（昭和五十一）年の秋学期、十回の授業（ＩＣＷ）として実施した。第二回は、同年の冬、異文化トレーニングの一日プログラムとして実施した。このトレーニングが、授業以外の、ミネソタにおける初めての異文化トレーニングだった。場所は、秋学期に使用したのと同じミネソタセンターのリビング・ルーム。参加者は、ミネソタ大学の学生たちだった。授業としてＩＣＷを実施した後、ビル・グディカンストと五郎は、ミネアポリスの「不二屋」レストランのオーナーに出資を求め、異文化トレーニングの会社設立を目論んだこともあった。レストランの二階の一室を事務所として使用すること、電話を増設すること、トレーニングに必要な用具と文具の購入、案内状の印刷と送付などに関わる経費の分担などについて、具体的な話し合いをする予定になっていたが、ビルの東部への引っ越しが、当然、優先されることになった。

ビルが東部の大学で教鞭を取るようになると、ミネソタ大学でハウエル教授が実践していたように、異文化コミュニケーションという科目を教え、さらに、実際のコミュニケーションを体験学習させることで、プログラムに改良を加えていった。そして、ビルがミネソタ大学のプログラムをベースにして、ハートフォード大学、ラトガーズ大学、ニューヨーク州立大学と、勤務先を移るごとに、プログラムは充実していった。

当時、大学や企業で行われていた異文化トレーニングと、ビルのプログラムが根本的に異なるのは、トレーニングが理論に基づいているかどうかという点である。以下に紹介する異文化トレーニングは、「初期のコミュニケーションにおける不安と不確実性の減少と制御」を目的としている。言い換えれば、このトレーニングは、グディカンスト理論をベースにして、文化背景の異なる人との初期のコミュニケーションを効果的に行うことを目指している。

トレーニングでは、二つの方法を用いた。情報を習得する知識学習と、心理、態度、行動を理解し習得するための、シミュレーションゲームなどを用いた体験学習である。受講者の希望が、知識を求めるのか、あるいはコミュニケーション能力の向上を求めるのか、さらにどの程度の時間をかけるかによって、提供するトレーニングの内容と期間を調整した。

一九八三（昭和五十八）年の夏に、五郎はニューヨーク州オールバニに、ビルを訪問する。ビルは、前任校のラトガーズ大学でパワハラ上司に遭い、ニューヨーク州立大学に移って来たばかりだった。ビルを迎えたのはダン・クッシュマン教授といい、全米でよく知られたインターパーソナルの研究者だった。東部で力を持っていた。

五郎は大学の研究室で教授に紹介され、その日の夕方、東部の人たちのリッチな夕方の過ごし方について、ビルといっしょに学ぶことになった。競馬場にいきなり連れて行かれ、馬に賭けながら、酒を飲む。自由な時間を過ごし、適当なときに、そこに来ている友人たちと、ゆったりした夕飯を食べる。夜もけっこう暮れてから、家路に着く。レストランに寄せている波は、大西洋の波だった。

そのクッシュマン教授の提案で、急ぎクッシュマン教授と共同論文を書くことになり、五郎の持っているデータを提供することになった。論文の下書きが送られてきたのは、帰国して二週間後だった。その論文は出版され、そして、カーンとクッシュマンの共著書（SUNY）に引用された。

ところで、異文化の人との初期コミュニケーションを訓練するための二日間プログラムは、次のようになる。このプログラムを、一日プログラム、あるいは三か月や半年の継続的プログラムに構成することも可能だ。準備するシミュレーションゲームは、『バファバファ』『エコトノス』、そしていくつかのクリティカル・インシデントである。

## 二日間プログラム

第一日（異文化の体験、講義、クリティカル・インシデント、「エコトノス」）

8：30—9：00

プログラムの説明、ファシリテイターの紹介、受講者の紹介、「マニュアル」の配布。

9：00—12：00

異文化の疑似体験、「バファバファ」の実施、ゲームのブリーフィング。

二つのグループに分け、文化を学習する。見学者を交換する。訪問者を交換する。デイブリーフィング。

13：00—14：00

講義①　マインドフル入門（マインドフルとは何か、マインドフルの技法）

クリティカル・インシデントの実施。

14：00—15：30

講義②　カルチャーショック

講義③　不安の制御（不安、不安の測定）

「エコトノス」の実施。

15：45―16：45

講義④　不確実性（不確実性とは何か、不確実性の効果的な制御、制御へのアドバイス）、

描写・解釈・評価

第二日（前日学習した内容のレビュー、ディスカッション）

9：00―9：30

「バファバファ」の体験について振り返る。学習した概念はマインドフル、不安、不確実性。

9：30―11：15

①集団主義、個人主義、内集団と外集団

②ハイ・ローコンテクストの国と文化、ハイ・ローコンテクストの壁を越える。

③権力格差（先生・生徒の問題）

④不確実性の回避（先生・生徒の問題）

⑤男性価値・女性価値

11：30―12：00

ケーススタディの実施。

ロールプレーの実施。

12：00―12：30

講義とリバース・カルチャーショックのビデオ。

13：30―14：45

帰国者の紹介、ディスカッション。

14：45―15：00

評価シートの配布、記入、回収、Eメールなど連絡先の交換。

### 通訳の仕事

振り返ってみれば、ミネソタでの四年間は、博士号を取る競争に終始した四年間だった。シカゴで貯めた一万ドルと、ミネアポリスでの通訳の稼ぎ、そしてTAの給料という、三方からの収入でこの時期を凌いだ。

ミネソタに住み始めた一九七五（昭和五十）年の秋に、五郎は、「自分はミネソタ大学の院生で、日米の通訳・翻訳の経験がある」という自己PRの案内状を作り、これはと思うミネソタの企業に送った。すると、まず、小さな仕事の依頼があった。五郎は元々、通訳に必要な知識を持っていたわけではない。通訳を始めたのは、シカゴだったが、正規の訓練を受けたことはなかった。しかし、シカゴで生活を始めたとき、通訳ならできる、と感じた。その気持ちが自然に生まれたのは、たぶん、梅ヶ丘の先生による個人レッスンで、手ごたえを感じたからだろう。

いわゆる平均的な日本人の英語の発音を、五郎はしない。かといって、ネイティブスピーカーの発声にはなっていないが、それらしく聞こえるのである。この点が買われて、五郎の通訳者としての経験が始まった。シカゴ、ミネアポリスと続けたことにより、通訳者としての風格がそれなりに備わった。

一九七六（昭和五十一）年五月、ミネソタ州の中堅企業から、五郎の自宅に電話が入った。この国際企業は、開発した二種類のスナック菓子、ポテトチップスと焼き菓子の製造ラインを日本企業に売却した。その日本企業の技術者三名が、生産に関するすべてを習得するために、一週間、ミネアポリスに滞在する。その習得場面に、五郎を通訳者として配置したい、という内容だった。

「日本企業の技術者が到着する前の週に打ち合わせを行い、通訳資料を渡したい。通訳料は、会議および作業現場で行った通訳のみが対象になる。そして、パーティーを数回予定しているので、出席してほしい。しかし、その時間の通訳料は払わない」

これがミネソタ企業の条件だった。パーティーへの出席も有償とすることを主張し、五郎は引き受けた。

この契約には秘密事項が含まれていて、社名や製品などを外部に漏らさないという内容だった。このプロジェクトは、日本国内の競合相手を出し抜くための製造ライン全体の導入であり、それが外部に知れれば、二つのスナック菓子の発売効果は甚だしく低くなり、プロジェクト自体の意味がなくなる、というのが理由だった。

五郎の他に、もう一人、ミネソタ大の日本人留学生が通訳者として雇われたので、会議室と工場を交互に担当し、午前九時から午後五時まで、一日七時間ずつ、計七日間、通訳をした。二つのスナック菓子には油で揚げる工程があり、それぞれの工程で揚がり具合を確認するために、通訳者も試食を求められた。そんな日は、夜遅くなるまで腹が空かなかった。

一週間後、一人二千九百ドルを受け取り、通訳の仕事は終わった。この金額は、渡米の際に父から渡された金額よりも多かった。この日本企業は、二種類のスナック菓子の市場で成功した。

「取引先の日本企業がわが社を訪問する、ついては会議通訳と生活ガイダンスをやってほしい」と、中規模のミネソタ企業から依頼があったのは、次の年だった。生活ガイダンスの意味があいまいだったので、尋ねると、大学でいうところのオリエンテーションの内容だった。つまり、日本人を対象としたミネソタの文化と社会の紹介、および、ミネアポリスでの生活指導だった。五郎が、

「打ち合わせや会議などは、その都度、会議通訳としての料金を請求するが、生活ガイダンスは、アメリカ社会と文化へのオリエンテーションという内容なのだから、半日あるいは一日のプログラムを実施し、その分を請求したい。とりあえず、ミネアポリスに到着したその日に、半日のオリエンテーションプログラムを実施し、その後は必要に応じて、その機会を設けたい」

と提案したところ、ミネソタ企業は承諾した。

取引先の社長の息子が、アメリカを体験したいと言い出した。その結果、ミネアポリスに一か月間滞在することになった。息子は、ミネソタ企業の関係者から、ヘンリーと呼ばれていた。

ヘンリーたちがミネアポリスに着いて一週間が過ぎた頃、彼から五郎に電話があり、裁判所に同伴してほしいという。ミネアポリスのダウンタウンにある、ヘネピン郡裁判所の入り口で落ち合い、貼り出されている当日の裁判予定を見ると、ヘンリーの日本名と時間、場所が明記されている。簡易裁判だったが、正式な裁判だった。

五十代の男性裁判官が、

「なぜ駐車違反の罰金を払わないのか。払わない理由があるのか」

と言った。「罰金を払わなかった理由を裁判官は求めている」とヘンリーに伝えると、違反の理由も、罰金の支払い方も、ヘンリーは何も理解していなかった。

彼は道路の側溝のすぐ横に設置されている消火栓の前に駐車したが、それが消火栓だと気づかなかった。そこで五郎は、「彼は一週間前に日本から来たばかりで、ミネソタの消火栓は、日本の郵便ポストそっくりで、それと勘違いしたそうだ」と説明した。裁判官は理解を示し、ケースをディスミス、つまり訴訟を棄却した。

ヘンリーは一か月間、ミネソタに滞在して帰国したが、ミネソタ企業が五郎に支払った金額は、全部で五百ドルポッキリだった。

## ハウエル先生と握手

コネチカット州ハートフォード市へのビルの引っ越しを手伝った一九七七（昭和五十二）年の夏以降、五郎は残っていた自分の博士論文の執筆にかかりきりになった。

この年の秋学期、五郎は、キャンパスで最も大きいウィルソンライブラリーの三階奥に自分のキャレルを確保し、借り出した本やジャーナルをすべてここに置いた。鍵の掛かるキャレルは、安全で安心だった。引用のための資料の収集と読み込み、4×6カードの作成など、執筆のための準備一切を、このキャレルと周辺の机で済ませた。

その結果、自宅では、新しい章の執筆だけに集中し、毎日タイプライターを打つことができた。博士論文執筆のためだけに、新しい電動のスミス・コロナを購入した。裕福な学生は、

ＩＢＭのタイプライターを買っていた。パワーが違うだけでなく、文字消しのシステム、イレイザーが優れていた。スミス・コロナの新品の値段は約二百五十ドル、ほぼ、ＩＢＭの中古の値段だった。

この頃、テレビの三大ネットワーク（ＣＢＳ、ＮＢＣ、ＡＢＣ）は、深夜放送の時間を延長し、明朝の放送に繋げ、二十四時間放送になった。五郎はいつでも人の声を聞き、映像を見ることができるようになり、自分だけが一人で夜っぴて仕事をしているのではないという気分になった。毎朝、窓から向かいの家が見えるようになる時刻に就寝し、正午に起床した。

一九七九（昭和五十四）年三月、ハウエル教授による博士論文の添削指導がすべて終わり、審査委員会が開かれた。この委員会は、博論執筆を許可したのと同じ審査委員会で、五郎の属する学科から二名、他学科からの教授二名、そしてハウエル教授の合計五名で構成されていた。他学科の二名の教授が、五郎の提出した博士論文について質問しようとすると、ハウエル教授は直ちに、

「五郎は日本に帰り、教職に就く。よくがんばった」

と宣告した。この甘く、強い一言に全員が納得し、五郎は合格した。

ミネソタ大学とのつながりを振り返れば、入学のための面接から、ＴＡのポジション、そして博論指導と卒業のための論文審査まで、すべてがハウエル教授の手の中にあった、と五

郎は思った。五郎以外の留学生は誰もTAをもらっていなかったことなど、思い当たるところがあった。

最後に、ハウエル教授から、

「コングラッ」

の言葉とともに、握手を求められた。ハウエル教授との最初で最後の握手は、気の利いた演出だった。五郎は半年後の卒業式には出席せず、学位記を郵送で受け取った。なぜか、そうすることがはやっていた。

シカゴ・サークルでは、修士号であったが、学問領域を示す白色のネクタイをつけ、礼服を着て卒業式に出席した。式を終えた後には、家族にこの出来事を見せるために記念写真を撮った。黒人も白人も、シカゴ・サークルの人たちは、ミネソタとは気合の入れどころが違っていた。そのようなことをしたミネソタ大学の卒業生もいたと思うが、ミネソタでは、学位程度でそんなに騒がない人たちが多くいて、それだけ、家族を含めた人たちの教育レベルが高いのだと五郎は思った。

## 総領事館での異文化トレーニング

卒業後、五郎は大学講師の口を探したが、アメリカでも日本でも見つからなかった。そのため、コミュニケーションと異文化の学問領域を活かした専門職を求めるという、次善の選択をせざるをえないところに追い込まれた。アメリカに滞在するためのビザと、専門という両面を満足させる組織でなければならない。そのような会社あるいは組織は、シカゴでは、五郎がミネソタへ行く前に働いていたトレードセンターと総領事館である。この時期、トレードセンターにフルタイムの求人はなかった。分野的にも、トレードセンターの求める人材は、トレードという言葉が示すように、経済の専門家だった。

高野さんはすでに日本に帰国していて、高野さんのポジションには新しく日本から派遣された木口という人が着任していた。高野さんと築いた深い関係を、これからこの人と築けるかといえば、それはNOだった。それでも、一九七九（昭和五十四）年の二月中旬、とりあえずトレードセンターを訪問することにした。

トレードセンターのかつての駐在員は全員帰国していて、セクレタリーも、以前から勤めていたミセス・ポルト以外の六人は新しい人たちで、あたかも別の組織のようになっていた。セクレタリーは、現地採用の日本人はおらず、全員、アメリカ人だった。ミセス・ポルトはヨーロッパ系だが、アメリカ人であり、彼女と他のセクレタリーの関係は洗練されていた。

他の駐在員とセクレタリーの関係も、上司と部下の関係が、あるべき関係になっている。五郎がいた四年前には、ある駐在員に雇われているセクレタリーは、昼休みを三十分早く取り、三十分遅れて帰ってきた。その二時間を、ピアノの練習に充てていたのだった。言語道断だが、彼女と上司の駐在員の関係が、それを可能にしていた。セクレタリーに頼りすぎと、駐在員はいい加減にあしらわれたり、バカにされたりする。

今回の訪問から察すると、これがない。だから、四年前の感覚で近づこうとしても、跳ねつけられそうだった。それに、職場の雰囲気が、なんとなく冷たく感じられた。四年前は、七人のセクレタリーのうち二人が日本人、一人が日系人、その上、七人の駐在員全員が男性の日本人という構成だった。七人のセクレタリーが全員アメリカ人、駐在員全員が日本人という構成では、自ずと雰囲気が違ってくる。

五郎の求める職業は、ミネソタで学んだことが役に立つ職業でなければならない、いわば、学問の実習の場でなければならない。その上、一定の収入を得なければならない。生活するためだけならば、タクシーの運転手でもよく、どこで働いてもよかった。実際、博士号を取った後にニューヨークでタクシーの運転手をしている中近東からのかつての留学生に会ったこともあった。

五郎が実習という形にこだわったのは、博士号の取得者としての意地である。博士の知識を生かした大学教員、研究を主にする研究所研究員、博士号のレベルの知識を生かした行政機関、民間の教育および研究機関といったところを、五郎は真剣に求めていた。

日本総領事館は、就職先として五郎が納得できる、もう一つの組織である。総領事館に勤めながら実施する異文化トレーニングは、まさにミネソタで学んだことの実習となる。

将来、大学講師の職を諦めなければならなくなり、意に反して、フルタイムで異文化トレーニングをするようになったときにも、貴重な経験として残るだろう。総領事館に勤めることができれば、アメリカに滞在するためのビザは不要になる。毎月貯金する余裕も生まれる。


再度の就職だったこともあり、面接を受け、問題なく採用になった。すぐに、働き始める日程調整を行い、その結果、三月一日から勤めることになった。住むところはアプタウンにした。建物の六階のワンベッドルームの部屋には、ベッドルーム、リビング・ルーム、キチン、バス・トイレがあった。シャルク未亡人の家からまっすぐミシガン湖に向かい、アービング・パークを東に来て、モントローズ・ビーチから五ブロックのところだった。

一九七四（昭和四十九）年にシカゴで購入したフォードのピントという小型車は、今ではミシガンアベニューに似合わない。もう少し明るい、馬力のある車が今の空気にふさわしい。しかし、五郎に買い替える余裕はなく、しばらくその車で通勤した。へこんでしまった車に乗っている人の数に比べて、新車を運転する人の数が増えている。それだけ、アメリカ経済が上向いている。プジョーの小型車をビルが東部で買い、体を折り曲げて運転していた頃である。

総領事館の周辺は、新しいビルディングの建築前の平地が一時的な駐車場になっていて、一日停めておいても十五ドルだった。値段が安い分、すぐ満車になってしまうので、朝早く行かなければならなかった。そして、そこから職場まで、十分くらい歩かなければならなかった。

一か月もすると、シカゴは半年続いた冬から春に向かい、「寒い」から「涼しい」、そして「快い」を一気に経験するようになる。暖かい雨が降るようになり、気温も摂氏十度を超えるようになる。そうこうするうちに夏を引き寄せ、暑い日も混じってくる。風の街ウィンディ・シティのシカゴが、その本領を発揮する季節だ。ビルの谷間には、特に強い風が吹く。ビルの角に座ってサンドイッチを食べていると、何人もの女性のスカートが風に翻るのを、目撃することになる。

シカゴ・サークルに通っていた頃、五郎はシカゴの季節の変化を感じる余裕はなかった。高野さんの家族といっしょに、ウィスコンシン州の紅葉を見に行ったことを覚えているが、それ一回きりだった。それが、今度はフルタイムの仕事なので、給料は十分にもらえる。仕事の内容の情けないことを除けば、快い生活だった。

依頼を受けた異文化トレーニングは、無料で提供することにした。そうすることによって、総領事館の名前を使って異文化トレーニングをしているという批判を、かわそうとした。現地採用の者には、その心配はなかったのだが、五郎はけじめをつけることにした。

ミネアポリスでそうしたように、四月の初めに、異文化トレーニングのパンフレットを作成した。二日間プログラムを中心に据え、そのバリエーションである一日プログラムと長期のプログラムを併載した。

プログラムの実施は土曜日を基本としたが、依頼者の希望の曜日に合わせた。実施場所は依頼者の職場と決め、二つの部屋を使った。五郎は自分を「ミネソタ大学の博士で、現在は学位取得後の実習中」だと自己紹介し、あくまでも原則を貫いた。プログラムのパンフレット、名刺、そして手紙を準備し、日本企業の商工会議所、文化センター、そしてアメリカ側のそれぞれ対応する組織を訪問し、担当者へ手渡した。

五月に入ると、イリノイ州の企業から問い合わせの電話が入った。「取引先の長野の企業を訪問するが、ついては日本社会や文化について、そして初級日本語とその具体的な使い方について研修を受けたいが、それは可能か」という問い合わせだった。特に、日本語はどう使えばよいか、この状況ではこのような表現がふさわしい、というように、実践的な表現を教えてもらいたい、という注文だった。

## アンとの再会

まず日本社会と文化について講義し、日本語の運用では、ロールプレーやクリティカル・

インシデントを用いる。土曜日の一日プログラムであり、午前八時三十分に始め、午後四時に終える。五郎は先方にそのことを伝え、仕事を引き受けた。パンフレットに載せた五郎のプログラムではなく、依頼者の希望する内容になったが、最初の仕事ということもあり、先方の要望に従った。

プログラムには助手が必要になる。トレードセンターを辞め、プレイボーイ社に勤めている写真家と結婚したアンを思い出した。アンは日系三世である。幸い電話番号は昔のままで、今もシカゴに住んでいた。

五郎は単刀直入に、

「自分は今、ミシガンアベニューにある日本総領事館で働いている。異文化トレーニングを実施していて、その助手が必要だ。三週間後にプログラムを実施する。急な話だけれど、助手として手伝って欲しい」

と、アンに伝えた。そして、

「僕は信念を持って話をするが、僕のスピーチではその信念が伝わるかどうか不安です。その不安を埋めてくれるのが、アンの母語としての英語です」

と必死に訴えた。

「いいです。わかりました」

と、アンは日本語で応じた。いいです、とは素っ気ない返事だと思ったが、五郎は「ありがとう」と感謝した。

プログラムは五月十九日の土曜日に実施予定だが、五月九日の午後四時にアンと打ち合わせをすることにし、総領事館のオフィスに来てもらった。プログラムは一日プログラムになることを伝え、依頼者の目的について説明した後に、プログラムの内容について具体的に話した。

午前中の三時間は日本の社会と文化について、講義という形で進め、クリティカル・インシデントで能動的な学びを経験させる。午後の四時間は、ファンクショナルアプローチで日本語を学習させる。ロールプレーをして、それぞれの状況に応じた適切な日本語表現を教える。それらをアンに伝え、五郎の事務所から持ってきた教材を実際に手にとってもらい、説明した。終わったのは、午後五時だった。


その後、アンを夕食に誘うと、ＯＫという返事だった。二人は、総領事館近くの「ホリデイイン」の二階にあるレストランに向かった。そこは、ランチ用のファーストフードでも、ディナーのメニューでもない、手頃なメニューと、会話をするスペースを提供していた。

五郎は、急な電話にもかかわらず協力を申し出てくれたことに感謝し、今回だけでなく、これからも頼めるかとアンに尋ねた。返事は、またしてもＯＫだった。即答といってよかった。

アンは言った。自分は離婚していて、自由な時間がある。異文化トレーニングを手伝えるのはうれしい――。

五郎は反射的に、

「ええーっ？」

と声に出した。依頼することに精一杯で、アンの表情や細かな動きに意識を払う余裕がなかった。何も気づかなかった。五郎のマインドは、まったくフルではなかった。アンは四年前に付き合っていた女性だし、自分はコミュニケーションの専門家なのだ。もっと注意を払って、アンの言動に、微妙なニュアンスを感じ取るべきだった。五郎はその後、いつ離婚したのか、なぜ離婚したのか、今何をしているのかと、肝心なことをストレートに聞いた。

アンは、結婚して一年半くらいで離婚し、すでに一年半くらい経つ、と説明した。今どうしているのか、誰かと付き合っているのか、五郎は知りたかった。アンはそれには答えず、

「五郎はどうしているのですか、結婚したのですか」

と尋ねた。

五郎と知り合った一九七三（昭和四十八）年頃、アンは写真家との関係を続けていたが、二人は結婚に至らずにいた。五郎が現れたときも、アンは写真家との結婚を履行しなければならないと考えていた。写真家のほうも同じで、双方の良心から、そうすべきだと思ってい

た。

そこが問題だった、と五郎は思う。写真家とアンの「結婚すべきだ」という約束は、五郎とアンが出会って相互に感じた「好き」という気持ちに勝てなかった。それが離婚の理由ではないかと五郎は思った。そう思いたかった。

食事の時間はたちまち過ぎ、デザートを食べ終えたのは、午後七時近くだった。

「泊まっていきますか」

五郎は、アンとよりを戻せると信じた。そうであれば、早いほうがよいと思った。

アンは、その言葉を予感していたのだろう、

「今日は、泊まりません」

と、はっきり答えた。


翌日の木曜日はいつもの時間に出勤し、ルーティンの仕事を片づけた。四日間の休暇を申請する書類を提出し、五時になると同時に、総領事館を出た。アンは離婚した後も、コンドミニアムに住んでいて、それはリバー・ノースにあった。シカゴでは抜群の地区だった。

「行くから」

と電話を入れ、三十分ほどでコンドミニアムに着いた。会話は交わさず、水を一杯飲んだだけで、二人はベッドに直行した。

さすがに土曜日にもなると、空腹がひどくなり、ハムとチーズ、キャンベルの缶詰のビーンとベーグルを腹に入れた。が、すぐベッドに戻った。そのような状態が日曜日、月曜日、火曜日、そして水曜日まで続いた。八日目、木曜日の朝、ようやくアンのコンドミニアムから出勤した。よく晴れた日で、五郎には、シカゴの太陽がまぶしかった。

しばらくシカゴに住んでみよう、と五郎は考え始めていた。

## 新たな決意

日本の大学では、得たものが何もなかった。それは、個人のせいでも、社会のせいでもあった。「個人のせい」とは、五郎個人の社会性の欠如と交友関係の多様性への不適合である。しかし、否定的という程度で、決定的ではなかった。「社会のせい」とは、大学紛争にこれといった手を打てなかった社会と無力な政治である。

大学紛争の嵐が過ぎ、五郎の友人たちも、それぞれの道を進んでいった。長江は卒業後、優位な大学院に入学し、国家公務員の上級試験に合格した。今やバリバリのエリートである。もう一人は、久保である。大学紛争、大学封鎖などなかったかのように、卒業が決まるとすぐに帰省し、親の伝手を頼って、安定した農協の職員になった。

五郎は、そうした生き方を選ばなかった。学部在学中に、シカゴのシャルク家でのホームステイを経験した。そこでは、ミセス・シャルクの人種観を目の当たりにし、日系は日系としてアメリカで生きなければならないことを知った。

その二年後、五郎は、シャルク家のエントランス・キーを握りしめて、シカゴに舞い戻った。しかし、ミセス・シャルクから寄宿を断られ、日系のアパートに契約させられた。

それほど日系を意識せずに生きられたのではないか、とも思う。五郎のホームステイは、もともとユダヤ系のシカゴ警察署の警部という家族だった。その家庭に滞在していれば、日系を意識することなく、すんなりと家族の一員として迎えられ、そこからシカゴの有名な大学院へ行けた可能性もある。そんな風に、考えることもあった。

アパート暮らしを続けながら、五郎は日本の公的機関で働き、シカゴを生き抜いた。


シカゴ・キャンパスで修士号を終えた五郎の頭の中は、次の博士号のみだった。ミネソタでは、ビル、リッチ、ミッチとの競争、そしてサイモンとの対立に遭遇した。最も早く学位を修得し、助教授のポジションを東部に見つけ、ミネアポリスを去っていったビルは、すべての点で、五郎たちより優れていた。後にこのビルが、「不安・不確実性制御理論」を構築することになる。

五郎は、博士号を取得した後、大学の研究・教育に携わる職業に就くことを目標としていた。大学院を修了した一九七九（昭和五十四）年も、もう半分を終わろうとしていた。学位は習得したが、教職には就けていない。

留学生でありながら、有力紙に論文発表をしている猛者もいた。しかし五郎には、アメリカ人と競争して勝ち進むだけの実力がまだなかった。そこに風穴を開けるため、コミュニケーションと異文化の学問領域を生かした専門職を得て、今後一年以内に、有力紙に論文を発表しよう。そのために、異文化トレーニングを実践し、豊富なデータを集めよう。

五郎は、そう決意した。

（完）

# あとがき

五郎は筆者です。

筆者の経験を五郎に語らせたという形になっています。

登場人物によっては、ファーストネームで呼んだり、あるいはラーストネームで呼んだりしていますが、この違いは筆者の経験に基づく距離感が反映しているので、変えずにそのままにしました。

しかし状況や出来事について述べることが重要な場合は、名前の虚実に関係なく、内容に合わせました。

書名の「不確実性」は、相手や自分の考えや行動を予測したり、説明したりすることができないことです。同郷の友人とのコミュニケーションと、異文化の初対面の人とのコミュニケーションを比べれば、その差は明らかです。相手が友人ならば、好みや出身地など、個人として、その人を知っています。不確かなことが少ないだけに、その人からのメッセージの解釈は正確になります。

コミュニケーションをするとき、人はある程度の不確実性を経験します。相手のすべてを知っているわけではないからです。相手に関する不確実な部分を減少させることによって、つまり相手を知ることによって、より効果的なコミュニケーションができるようになります。

五郎の若い頃の経験は、ここでひと区切りです。

本書の経験を青春と言えば、それは長過ぎた青春です。しかし、そうなってしまったのですからしかたがありません。個人的にも社会的にも、消化不良の日々が続いていましたが、学部卒業のときに明かりが見え、そのまま就職せずに、アメリカで八年間、学生を続けました。三十一歳になるまでずっと、学生として大学に在籍しました。

シカゴでの経験からアメリカで生活できるようになり、ミネソタで学位を取り、友人を数人見つけました。そのうちの一人であるビルは、ジャーナルに掲載された論文数編と、ミネソタ大のTAの経験を評価され、早々と、アメリカ東部のハートフォード大学で助教授のポジションを見つけました。ミネソタで受けた教育は、ビル以外の人間にも、大学のポジションを約束するのかどうか、これから残り三人の戦いが始まります。そして教職に就けたら就けたで、そこからさらに教育と研究の長い道が続きます。そこでもドラマは生まれます。

六か月前に、壮という孫が拡大家族に加わり、これまでの家族の互いの関係が強まり、全体が大きく膨らみました。たった一人増えただけなのに、全体は五だったものが七にも八にもなったように思います。

壮君効果は満点です。ありがとう。

本書の上梓にあたり、編集人・島村栄一氏、八朔社社長・片倉和夫氏に大変お世話になりました。ここに深謝いたします。

令和五年八月十五日

著　者

〔参考文献〕


Barnlund, D. (1962). Toward a meaning centered philosophy of communication. *Journal of Communication, 2*, 197-211.

Berger, C. R., & Bradac, J. (1982). *Language and social knowledge*. London: Edward Arnold.

Berlo, D. (1960). *The process of communication*. New York: Holt.

Gudykunst, W. B. (1991). *Bridging differences: Effective intergroup communication*. Newbury Park: Sage.

Miller, G., & Steinberg, M. (1975). *Between people*. Chicago: Science Research Associates.

〔著　者〕

**西田　司**（にしだ　つかさ）

1948年生まれ。高校，大学と，誰にもぶつけられない不平不満を鬱積させる。アメリカでやり直しにかかる。イリノイ大学シカゴ校でサンディ・ホーウィト先生とトム・カーチマン先生，ミネソタ大学で院生のビル・グディカンスト，リッチ・ワイズマン，ミッチ・ハマーに出会う。

ビルは理論を構築するが，いくつもの段階でチャールズ・バーガーと交流する，互いに認める学者だった。ビルが元気な頃，バーガーを紹介されたことがあった。

ビルが死亡して10年ほどたったとき，ICAの*International Encyclopedia of Interpersonal Communication*（ICA Wiley）をバーガーが編集することになり（2016年），グディカンスト理論についての総説論文の執筆依頼を，バーガーから直接メールで受けた。バーガーの粋な計らいだった。

**著　書**

『グローバル社会のヒューマンコミュニケーション』（共著，八朔社），『比較生活文化考』（共編著，ナカニシヤ出版），『非言語コミュニケーション』（共訳，聖文社），『異文化に橋を架ける』（共訳，聖文社），『親密化のコミュニケーション』（共著，北樹出版），*Bridging Japanese North American Differences*（共著，Sage），『文化とコミュニケーション』（共著，八朔社），*Communication in Personal Relationships across Cultures*.（共著，Sage），『異文化間コミュニケーション入門』（共著，丸善）ほか。

不確実性《ふかくじつせい》
——異文化コミュニケーションとの出会い

2023年10月6日　第1刷発行

著者　西田　司
発行者　片倉和夫

発行所　株式会社　八《はっ》朔《さく》社《しゃ》
101-0062 東京都千代田区神田駿河台1-7-7
Tel 03-5244-5289 Fax 03-5244-5298
http://hassaku-sha.la.coocan.jp/
E-mail：hassaku-sha@nifty.com

組版・鈴木まり／印刷製本・厚徳社
ISBN 978-4-86014-114-1